2레벨로 회귀한 무신

PAPYRUS FANTASY STORY

염비 판타지 장편소설

KB073644

2레벨로 회귀한 무신 21

초판 1쇄 발행 2023년 3월 28일

지은이 ｜ 염비
발행인 ｜ 신현호
편집장 ｜ 이호준
편집 ｜ 송영규 최종건 정재웅 양동훈 곽원호 조정범 강준석 최성화
편집디자인 ｜ 한방울
영업 ｜ 김민원

펴낸곳 ｜ ㈜ 디앤씨미디어
등록 ｜ 2002년 4월 25일 제20-260호
주소 ｜ 서울시 구로구 디지털로 26길 111 JnK디지털타워 503호
전화 ｜ 02-333-2513(대표)
팩시밀리 ｜ 02-333-2514
E-mail ｜ papy_dnc@dncmedia.co.kr
블로그 ｜ blog.naver.com/gnpdl7

ISBN 979-11-364-4285-7 04810
ISBN 979-11-364-2555-3 (SET)

21

2레벨로 회귀한 무신

PAPYRUS FANTASY STORY

염비 판타지 장편소설

PAPYRUS
파피루스

1장

1장

[하, 나에게 내 권능으로 덤빈단 말이냐?]

황금의 탑에서, 길가메시의 목소리가 울려 퍼졌지만.

"그럴 건데?"

철컥. 철컥.

사슬이 본격적으로 길가메시의 것을 휘감고, 합쳐지자.

[이놈…….]

길가메시의 음성에서, 여유가 사라지기 시작했다.

[어떻게 나의 권능을, 네가 더 잘 다루지…….]

"글쎄. 나도 아직 천수강신은 잘 못 다루는데."

평소에 천수강신 쓸 일이 거의 없던 성지한.

써먹어도, 체내에 있는 영원에서 생명력을 뽑아내는 용

도로 사용했기에.

이 권능에 대해서는, 이해도가 그렇게 깊지는 않은 상
태였다.

하지만.

"너는 그런 나보다도 더 모르는 거 같다."

[뭐라고……]

"벌써 네 사슬, 나한테 다 먹혔잖아."

휘리리릭!

암혼와류에 빨려 들어갔던 길가메시의 사슬은, 그대로
성지한의 소유가 되어.

바벨탑을 역으로 장악해 나가기 시작했다.

'이놈은 진짜 별게 없단 말이야.'

마지막 무신의 종이라는 위치가 무색하게, 쉬운 상대에
속하는 길가메시.

물론 가장 손쉽게 이긴 건 이미 해치운 롱기누스긴 했
지만.

그는 동방삭이나 아소카에겐 전혀 못 미치는 건 물론이
거니와.

예언자였던 피티아가 오히려 상대하기 더 까다로운 것
같았다.

태초의 인류이자, 수많은 권능을 부여받았음에도 왜 이
놈은 이렇게 쉬울까.

'아무래도 제 권능에 만족해서, 단련을 전혀 안 하는 거

같은데.'

인류의 왕으로서 군림하기엔, 지금 주어진 지배의 권능으로도 충분했을 테니.

이놈이 뭐 따로 얼마나 단련을 했겠나.

성지한은 완벽하게 자신의 것으로 만든 사슬을 통해.

바벨탑에서, 지배 코드를 지워 나갔다.

그러자.

황금의 탑에, 빛이 약해지고.

스스스……

실체화되었던 탑의 윗부분은 다시 형체를 잃어 갔다.

"아니, 길가메시. 대체 뭐 하는 거지? 너 설마…… 또 배신하는 거야?"

성지한이 천수강신을 사용하고, 1분도 채 지나지 않아서 순식간에 탑 상층부가 사라지자.

피티아는 바벨탑 쪽을 노려보았다.

아무리 봐도, 길가메시가 자기 권능으로 이렇게 단번에 밀리는 게 이해가 가질 않았으니까.

[배, 배신 아니다! 나도 필사적으로 버티려 했거늘……!]

"필사적은 무슨. 네 권능이라며? 근데 어떻게 순식간에 장악당할 수가 있어?"

[그건 내가 더 알고 싶다!]

"젊음을 되찾고 싶지 않나 보지? 하. 그럼 그냥 대머리로 살아 계속."

길가메시는 억울함을 호소했지만, 피티아는 그 말을 믿지 않았다.

바벨탑을 지구로 보내 실체화하기 위해서, 그녀도 그간 많이 공을 들였던 만큼.

이 탑이 이렇게까지 쉽게 성지한에게 장악당할 거라곤 도저히 생각하지 못했기 때문이다.

분명히, 안에서 길가메시가 동조하니 이렇게 된 거겠지.

-왜 지들끼리 싸움??
-원래 둘이 원수긴 하잖아 ㅋㅋㅋㅋ
-성지한한테 근데 너무 쉽게 발리는데? 왜 온 거야 쟤들?
-레벨 8 성좌 따위가 어떻게 비빔? 드래곤 로드도 때려잡으심 ㅎㅎ

사슬을 역으로 꺼낸 성지한이, 탑까지 장악하고.

두 성좌가 서로 싸우기 시작하자 사람들은 내심 안도했다.

이거 재수 없으면 바벨탑이 서울 한복판에 올라서서, 서울 사람들이 모조리 길가메시의 지배를 받나 싶었는데.

성지한의 빠른 대처로, 그 시도가 원천 봉쇄된 것이다.

－근데 이러면 서울 사람들 성지한한테 지배 받는 건가?

　－오…… 그거 괜찮은데?

　－ㄹㅇ 그냥 지배해 주세요 ㅋㅋㅋㅋ

　－근데 성지한 성격상 지배자 되라고 해도 안 할 거 같은데…….

　－ㅇㅇ 대외 활동 거의 없잖아.

　성지한이 그렇게 지배의 권능을 지닌 바벨탑을 장악해 나갔지만, 사람들은 별 전혀 걱정하지 않았다.

　애초에 인류의 위에서 군림할 사람이면, 진작 했을 테니까.

　오히려 인류에게 승리 벌어다 주고, 종족 진화시켜서 수명 늘려 준 성지한이 그냥 지배자하면 안 되냔 채팅이 많이 올라오는 실정이었다.

　그리고.

　"자, 다들 정신 차리시고. 바벨탑 사라질 때까지 뒤돌아 계세요. 선릉 쪽은 쳐다도 보면 안 됩니다."

　바벨탑을 장악한 성지한은, 지배의 권능으로 사람들에게 뒤돌아 있으라 명했다.

　"……어."

　"와…… 씨. 대박. 나 지배당했던 거였어?"

　"미쳤네, 바벨탑……."

"빨리 끝날 때까지 뒤돌고 있자."

"근데 배틀튜브는 봐도 되겠지……."

그러자, 지배당했던 사람들이 정신을 차리곤 바벨탑에서 시선을 돌렸다.

그렇게 순식간에 인질극이 실패하자.

빵!

"아, 이 배신자가 진짜……!"

[아니라고!]

피티아가 바벨탑을 발로 찼다.

"아, 그래? 그럼 우리 성좌 길가메시께선 서른 살도 안 된 어린애한테 권능 밀린 저능아란 거야?"

[그, 그게…… 저놈은 이레귤러지 않느냐!]

"그래, 성지한이 특이한 케이스는 맞아. 하지만 네가 그 권능을 몇 년을 썼는데, 순식간에 밀려 버리는 건 말이 돼냐?"

[너랑 무신이 나의 힘을 빼앗아 가 버렸으니 그런 거다!]

"그걸 변명이라고……!"

진심으로 열이 뻗친 것 같은 피티아.

성지한은 둘의 말싸움을 잠시 바라보다.

'일단 피티아부터 처리해야겠군.'

그녀에게 창끝을 겨누었다.

지지지직!

그러자 창에서 뿜어져 나오는, 적색 뇌전.

"웃……!"

피티아는 황급히 이를 피했지만, 팔 끝에 벼락이 스치자.

화르르륵……!

그녀의 몸이 순식간에 타올랐다.

사람이었다면, 잿더미가 될 법한 화력.

하나.

'이걸로 죽을 리가 없지.'

성지한은 그런 그녀를 향해, 재빨리 접근했다.

'여기서 처리해야 해.'

길가메시보다, 확실히 더 성가신 건 피티아였으니.

그녀는 무조건 이 자리에서 죽여야 했다.

성지한의 두 눈에 살기가 감돌고, 그의 창끝이 무자비하게 불을 내뿜었다.

그러자 몇 번이고 그녀의 몸이 불타올랐지만.

"아니, 진짜…… 뭐 이렇게 세요?"

피티아는 불타는 와중에도, 신안을 반짝이면서.

어떻게든 치명적인 공격은 피하고 있었다.

'빙검보다 저게 문제군.'

피티아가 사용하는 얼음 검은, 성지한의 불을 전혀 이겨 내지 못했지만.

미래를 읽는 신안은 상당히 까다로웠다.

아예 피할 공간도 없도록, 사방에 화염을 뿌리기에는.

선릉 밖이 바로 서울 시내 한복판이라 그럴 수도 없고.

'잽싸네.'

성지한은 미꾸라지처럼 빠져나가는 피티아를 보면서, 미간을 찌푸렸다.

"진짜 안 죽네. 너."

"하, 죽을 거 같거든요? 무슨 불길이 피해도 피해도 온몸을 싹 다 불태워요?"

"그런 것치고는 잘만 버티는데."

"무신의 총애가 없었다면 진작 재가 되었겠죠. 성좌 후보자가 무슨 레벨 8 성좌를 이렇게 몰아세워 진짜……!"

화르르륵!

그렇게 수도 없이 타오르면서도, 죽을 듯 안 죽던 피티아였지만.

번쩍!

신안이 한 번 번뜩이자, 갑자기 움직임을 멈추었다.

"웃……."

신안에서 무슨 미래를 보았는지, 입술을 꾹 깨물던 피티아는.

스스스스…….

성지한의 봉황기를 피하지 않고, 얼음 검을 만들어 내었다.

'피하지 않고 승부를 본다고?'

함정이라도 있는 건가.

성지한은 주의를 기울이면서도, 일단은 기회를 놓치지 않았다.

빠르게 뻗어 나가는 창.

피티아의 얼음 검은 처음엔 이를 막으려는 듯, 앞에 뭉치나 싶더니.

푹!

오히려 검이 피티아의 몸을 찔렀다.

-??

-쟤 왜 자해함?

-그, 글쎄…….

피티아의 몸에, 일제히 꽂힌 얼음검.

그리고 봉황기의 창끝이 뒤이어 그녀를 꿰뚫었다.

얼음검과, 불의 창에 각기 꽂힌 피티아는.

"주인…… 님…… 제발…….."

무신을 한 차례 부르더니, 고개를 떨구었다.

그러자 순식간에 강해진 얼음의 기운.

그것은 봉황기의 불꽃마저 잠깐이지만 억누르며.

성지한의 오른팔까지 얼려 버렸다.

레벨 8 성좌가, 스스로를 건 승부수.

하나.

'……봉황기의 불길을 잡은 건 대단하지만, 그래 봤자 다시 불을 끌어내면 그뿐이다.'

비록 성지한의 오른손이 얼긴 했어도.

아직 스탯 적의 힘은 여유가 있었다.

또 한 번 불을 지피기만 하면 이런 속박 따윈 바로 뿌리칠 수 있었으니.

피티아가 번 시간이라곤, 겨우 4–5초 남짓일까.

'겨우 이걸 위해, 자기 몸을 바칠 리는 없다…….'

조금 전 번뜩이던 신안으로, 자신이 꼭 찔려야 하는 미래를 보았나?

성지한이 얼른 팔을 녹이려 할 때.

[피티아. 네 노고는 잊지 않겠다.]

하늘 위에서, 방랑하는 무신의 목소리가 들렸다.

* * *

바벨탑의 위쪽.

황금의 빛을 내리쬐던 공간의 틈새는 어느새 더 커져서.

어두컴컴한 빛을 띠고 있었다.

그리고.

무신의 말이 끝나기가 무섭게.

–어…… 하늘에 저거…….

-성지한 기술 아님?

어둠 속에서, 한차례 소용돌이가 돌아가더니.

검은 손이, 수십 개가 넘게 뻗어 오기 시작했다.

'저거, 무신의 손인가…….'

성지한의 팔이 얼려져, 잠깐 못 움직이는 틈을 놓치지 않고.

그를 빠르게 잡아가려는 무신의 손.

피티아가 본 미래는, 이거였나.

'하지만, 이 정도는 대처가 되는데.'

스으윽.

성지한은 멀쩡한 왼손을 움직였다.

그러자, 암검 이클립스의 검끝이 흔들리더니.

천마신공天魔神功

일검파천一劍破天

일검이 하늘을 순식간에 찢고.

무신의 손에, 여러 갈래로 생채기가 나기 시작했다.

-아 저번엔 손 없앴는데; 손이 너무 많아서 그런가?

-그땐 태극 띄워서 없앴잖아 근데 그 기술 왜 안 쓰지…….

－아, 설마 여기 선릉 한복판이라서? ＿＿;; 위치 하난 짜증 나게 잡았네 쟤들.

　저번과는 달리, 사라지진 않는 무신의 손.

　하지만 매섭게 뻗어 오던 손의 움직임은, 잠시나마 멈춘 상태였다.

　'이 정도 시간을 벌었으면, 오른손은 뺄 수 있어.'

　화르르륵……!

　성지한은 오른손에 적의 기운을 집중했다.

　그러자 일제히 타오르는 창과 손.

　꿈틀.

　강렬한 불의 기운에, 봉인되어 눈을 감고 있던 손등의 눈동자가 꿈틀거렸지만.

　'아직 봉인이 풀리긴 이른가 보군.'

　적색의 손은, 아직도 계속 봉인이 유지되고 있었다.

　'피티아가 본 미래, 이러면 어긋난 건가.'

　자신을 얼려서, 성지한을 잠깐 움직이지 못하게 만들고.

　그 틈을 타서 무신의 손이 그를 납치하려는 게 신안의 계획이었던 거 같은데.

　생각보다도, 저들의 시도는 너무나도 쉽게 무위로 돌아갔다.

　물론 하늘에선, 일검파천에 생채기가 나긴 했어도.

수십 개 넘는 무신의 손이 뻗어 왔지만.

'봉황기까지 이용하면, 저 정도는 충분히 격퇴할 수 있다.'

몸이 자유로워진 이상, 무신의 손 정도야 그리 위협적이지 않았다.

빨리 저거 다 불태워 버리고, 틈새 공간까지 없애 버려야지.

그러려면.

'적멸을 써야겠다.'

이클립스에 태극마검의 힘을 갈무리해서 직접 베는 것보단.

저 공간을 향해, 적멸을 쏘아내는 게 더 나아 보였다.

화르르륵……!

성지한의 오른손이 불타며.

봉황기에서, 강렬한 기운이 치솟기 시작했다.

적색의 관리자의 권능, 적멸.

그 힘이라면, 아무리 무신의 손이 많다고 해도 충분히 저걸 제거할 수 있을 것이다.

물론, 관리자의 손이 봉인된 지금.

적멸을 확실하게 구현할 수 있느냐가 문제긴 했지만.

'적멸…… 손의 도움이 없이도, 어떻게든 될 거 같은데?'

성지한은 예상보다도 더 쉽게, 관리자의 권능을 구현해 나가고 있었다.

드래곤 로드에게 얻어 냈던 스탯 적이 워낙 많아서 그런지.

적멸의 구현은, 어째 손이 깨어 있을 때보다도 더 쉬워 보였다.

'앞으로 자주 써먹어야겠군.'

성지한이 그리 다짐하면서, 적멸을 쏘아 내려 했을 때.

번뜩!

그의 오른손등에서.

[본체.]

감겨있던 눈동자가, 눈을 떴다.

* * *

[나, 봉인 깸.]

적색의 눈동자 위로, 떠오르는 글자.

아소카의 봉인, 적색의 손이 깨 버린 건가.

'아까 피티아의 얼음을 녹일 때, 제대로 자극을 받았나 보군.'

이놈 깨어나면, 인류를 성화로 불태우자고 자꾸 이야기 할 텐데.

또 피곤해지겠군.

성지한은 속으로는 그렇게 생각하면서도, 겉으론 태연히 말했다.

"지금 적멸 쓸 건데, 잘됐네. 도와라."

[적멸을? 왜 씀?]

"저거 막아야지."

스으윽.

성지한의 창끝이 향하는 하늘 위에는.

무신이 소환한 검은 소용돌이와, 그 안에서 수십의 손이 뻗어 나오고 있었다.

적멸이나 태극마검 급의 공격이 아니면, 퇴치하기 힘든 무신의 손.

[무신이 본체를 납치하려는 거임?]

"그래."

[알겠음. 돕겠음.]

화르르륵!

성지한의 말에, 순순히 따르는 관리자의 손.

그가 합세하자, 봉황기의 불길이 더욱 강해지고.

적색권능赤色權能

적멸赤滅

붉은빛이 곧, 하늘을 향해 뻗어 나갔다.

치이이익……!

그러자, 하나둘씩 소멸하기 시작하는 무신의 손과 팔.

-역시 적멸인가.

-무신의 손도 저건 이겨 낼 수 없군.

-이렇게 보면 참 탐이 나는데 말이야…… 적색 관리자의 손.

-하지만 그렇다고 토너먼트에 출전할 순 없잖아? 저자는 드래곤 로드의 아바타도 꺾었으니.

외계의 시청자들은 그런 적멸을 보면서 욕심은 내면서도, 토너먼트를 참가할 생각은 아예 하지 않았다.

성지한이 드래곤 로드의 아바타를 쉽게 제압하는 걸 봐 버렸으니까.

그리고.

성지한의 적멸이 손을 깡그리 다 태워 버리자, 이를 예상했다는 듯 채팅이 올라왔다.

-무신도 별거 없네.

-하기야 강해 봤자 대성좌 급 아니겠어?

-그럴걸? 대성좌라고 소문은 났는데, 자세한 정보는 없긴 해.

-그럼 드래곤 로드와 뭐 엇비슷하겠네, 납치는 실패할 듯.

-이미 손 다 타오름 뭘로 납치해;

무신 쪽에서 바벨탑을 소환하고, 이것저것 수를 썼지만 결국 실패로 돌아가게 된 납치 시도.

　'바벨탑으로 귀찮을 뻔했지만, 그래도 싱겁게 정리됐네.'

　성지한은 선릉의 중앙에 빛 형태로 떠 있는 바벨탑을 바라보았다.

　천수강신을 통해 역으로 장악하긴 했지만, 아직 완전히 지배하에 있다고 보기엔 애매한 탑.

　'이거나 연구 좀 해 봐야겠군.'

　그러고 보니, 여기 안에 길가메시 있던 거 같은데…….

　이놈은 어떻게 처리하지?

　성지한이 그렇게 차후 일에 대해 생각하고 있을 때.

　[본체.]

　삐빅.

　성지한의 손등에서, 문자가 떠올랐다.

　[내 봉인, 한동안은 상당히 강력했지만. 본체가 드래곤 로드에게서 적을 강화한 이후에는 많이 헐거워졌었음.]

　"그래?"

　[비록 눈도 못 뜨고, 메시지도 작성할 수는 없었지만. 본체가 행한 일들은 대강 파악이 가능했음.]

　성지한은 미간을 찌푸렸다.

　왜 갑자기 이 상황에서, 이런 메시지를 보내는 거지?

　"……뭘 말하고 싶은 거냐?"

[나 봤음. 스위치.]

"스위치라면……."

[버튼 누르면, 세계수를 점화하는 규격 외의 아이템.]

세계수 점화 장치를, 봉인된 상태에서도 파악한 건가.

[왜 안 누름?]

"그건……."

[누르면 끝임. 관리자 될 수 있음. 특히나, 그런 아이템은 흑백의 관리자가 개입하지 않는 이상 제조가 불가능함. 흑백의 진의가 무엇인지는 모르겠지만, 어쨌거나 이건 우리를 상시 관리자로 올라와도 된다고 용인한 거나 다름없음.]

"……그렇게 볼 수도 있겠지."

[근데 왜 안 누름? 지금도 인벤토리에서 왜 썩고 있음?]

왜 썩긴.

버튼 누르면 인류는, 가족 포함해서 모두 싹 다 불타오르는데.

그렇게까지 해서 관리자가 되고 싶진 않으니까 그렇지.

성지한은 굳이 이를 입 밖에 내진 않았지만.

[나는 본체가 관리자가 될 생각이 없다는 결론에 도달함.]

관리자의 손은, 결론을 내린 상태였다.

그리고.

화르르륵…….

성지한의 오른손이, 제 스스로 불타더니.

"적의 권능이여. 주인의 명을 따르라."

그 안에서.

지금처럼 메시지가 아니라, 손의 목소리가 들려왔다.

그러자, 성지한의 통제를 벗어나기 시작하는 스탯 적.

"너……."

성지한은 내부에서 요동치는 적을 나름대로 컨트롤하려고 했지만.

관리자의 손이 실제로 음성을 내며 명령한 것이 더 우선시된 건지, 적은 말을 듣지 않았다.

그리고.

스스스…….

성지한의 몸이 두둥실 떠오르기 시작했다.

신체가 향하는 곳은, 다름 아닌 하늘의 균열.

무신의 손이 모조리 타오르고, 검은 소용돌이만 남아있는 장소였다.

"설마……."

"본체가, 왜 버튼을 누르지 않고 여유를 부리는 걸까. 나는 곰곰이 생각하곤, 깨달았음."

"뭘…… 깨달았다는 거냐?"

육체의 통제권은 손에게 다 빼앗긴 게 아니라서, 몸을

움직이고 입을 열 수는 있었지만.

성지한의 제어보다, 몸이 하늘 위로 날아가는 게 더 빨랐다.

이때만큼은, 무혼도 공허도.

죄다 내부의 스탯 적과 부딪쳐서 제 역할을 하지 못했다.

"본체가 지금까지 살 만해서 그런 거임."

"……뭐라고?"

"지금 만나는 적이라 해 봤자, 현재의 힘으로도 충분하니 굳이 버튼 누를 생각이 안 들었겠지. 진짜 위험에 처해 봐야, 관리자의 힘을 얻고 싶어질 거임."

"그래서 지금 나를……."

스윽.

성지한은 위를 바라보았다.

검은 소용돌이 안에서, 어느새 생성된 무신의 손이 황급히 그를 잡으려고 뻗어 오고 있었다.

"투성에 밀어 넣겠다는 거냐?"

"맞음. 극한 상황에 처해 봐야 함. 본체는."

콰직!

손의 답이 끝나기가 무섭게.

[잘해 주었다!]

성지한의 몸이, 무신에게 붙들리곤.

슉!

소용돌이 안으로 빨려 들어갔다.

　　　　　*　　*　　*

－아니 시발…….

－뭐야 갑자기 배신 때림??

－관리자의 손이 이렇게 뒤통수를 치네 ＿＿;;;;

－아, 뭐야 방송 끝난 거야? 이렇게 끝??

－무신한테 납치당하다니…… 어떻게 해요!!

　여느 때처럼 성지한의 힘으로, 상황이 정리된 줄 알았는데.

　관리자의 손이 벌인 일은 사람들을 경악시켰다.

　인류에게는, 이미 성지한은 무적의 영웅이나 다름없는 이미지여서 그런지.

　그가 손의 배신으로 무신의 소용돌이에 빨려 들어가자, 패닉에 가까운 반응을 보였다.

　이렇게 방송이 종료되면, 성지한 사망한 거 아니냐.

　성지한 없으면 인류는 어떻게 되는 거냐.

　당장 스페이스 리그에서 위치한, 최상위권 자리부터 유지 못하지 않냐.

　사람들이 이용하는 커뮤니티라면, 종류를 가리지 않고 모든 곳에서 성지한 납치 소식이 속보로 떠오르고 있을 때.

-오, 화, 화면 나온다.

-어…….

-여기, 뭐야?

어두컴컴했던 성지한 채널에서, 다시 영상이 재생되었다.

"하……."

화면에서 처음 들리는 건, 성지한의 한숨 소리.

그리고 바로 비춰지는 화면은, 황량하게 펼쳐진 회색 대지와.

-어. 여기 뭐야 하늘 없고 바로 우주 공간인데…….

-근데 위에 뭐가 둥둥 떠 있음; 저건 뭐야?

-무기인가? 종류 다양하네.

대지의 위편 저 멀리에 둥둥 떠 있는, 성좌의 무구를 비추고 있었다.

그렇게 전 인류뿐만이 아니라.

-여기가 무신의 별, 투성인가…….

-무기는 성좌의 것 같은데. 무신은 성좌를 죽이고, 무구를 강탈하는 거로 악명이 높지.

-아니, 근데 저렇게나 많은 성좌를 무신이 죽였다고?

-아무리 무신의 무리가 악명이 높다 해도, 그 정돈 아닌데.

　외계의 시청자들까지, 투성의 면모를 살펴보게 되었다.

　성좌를 사냥하고, 무구를 강탈했다기엔, 많아도 너무많은 성좌의 무구 개수에 그들이 의구심을 품을 무렵.

　스스스……

　성지한의 앞쪽에서.

　어둠에 가려진 무신이 모습을 드러냈다.

　[관리자의 손이여. 왜 협조를 하다 말았지? 네가 가만히 있었으면, 내 손에 그대로 잡힌 채였는데.]

　화르르륵!

　그러자 또다시 불타는 오른손.

　"나는 어디까지나 본체를 위기에 몰아넣고 싶었을 뿐이니까. 네게 갈 생각은 없음. 이건 버튼 누르라는 충정임."

　"닥쳐, 이 새끼야."

　충정 같은 소리 하네.

　성지한은 이클립스를 꺼내곤, 자신의 손등을 그대로 찔렀다.

　그러자, 금방 꺼지는 불.

　"안 그래도 이제 반항할 힘은 없었음. 본체…… 쉬운

길로 갑시다. 상시 관리자, 되어야 하지 않겠음…….”

관리자의 손은 그렇게 소리를 내더니.

다시 봉인되었을 때처럼, 눈을 감았다.

그와 함께, 스탯 적도 다시 성지한의 컨트롤 하에 들어
왔다.

‘……이 미친놈이 대형사고를 쳤군.’

피티아.

왜 팔을 얼렸나 했더니, 신안으로 이런 미래까지 내다
본 거였나.

성지한은 심각한 얼굴로, 자신의 몸 상태를 살펴보았
다.

자신을 배신한 관리자의 손은 힘을 다 썼는지 활동이
정지된 상태라, 기존의 능력은 모두 회복하긴 했지만.

‘하필 투성에서 회복한 게 문제네.’

거기에, 자신을 납치한 무신은.

[동방삭.]

“……예, 무신이시여.”

그의 뒤편으로, 동방삭까지 부른 상태였다.

[협공한다. 성지한을 이 자리에서 무조건 잡겠다.]

성지한을 여기까지 힘들게 납치했으니, 확실하게 끝을
보겠다는 무신.

─아니 시발…… 저기요. 무신이라면서요!!

−무신이 무슨 협공을 하려고 해 진짜 ――

−자기 구역으로 불러 놓고는 다구리를 친다? 이런 게 무의 신······.

−애초에 납치할 때부터 무신 칭호 떼야 했음.

시청자들은 현 상황에 대해 어이없어했지만.

무신의 뜻은 확고했다.

어떻게 데려온 성지한인데, 여기서 놓칠 수야 있겠는가.

'무신과 동방삭이 날 협공한다고?'

이건 좀 심각한 상황인데.

성지한이 온 힘을 끌어올릴 즈음.

[대성좌 '태양왕'이 여기가 무신이 있는 곳이냐며, 태양핵을 빨리 꺼내 던지라고 플레이어를 다그칩니다.]

후원 성좌인 태양왕에게서 긴급히 메시지가 도착했다.

자신의 아들인, 무신의 육체를 이용하려는 태양왕.

일이 그의 뜻대로 이루어진다면, 태양왕의 권능에 무신의 육체가 합친 괴물이 탄생할 수도 있었기에.

성지한은 저번에 태양핵 사용을 신중하게 검토했지만.

'지금 상황에서 뭘 따지냐.'

무신과 동방삭의 협공을 당하게 생겼는데.

태양왕의 의도가 통하고 말고가 대순가.

어떻게든 뭐라도 꺼내서, 이 대치 상황에 균열을 내야
지.

"인벤토리."

성지한이 인벤토리를 말하자마자.

[스위치를 누르려 하는군. 동방삭, 봉인진을 펼쳐라.]

"예."

무신은 스위치 효과를 억제하기 위해, 구궁팔괘도 소환
을 명하곤.

스스스스…….

손을 움직였다.

그러자.

촤아아악!

성지한이 인벤토리에서 꺼냈던 태양핵이, 그대로 반으
로 갈라졌다.

'이거, 태산압정이군……!'

혼원신공의 기본공, 삼재무극.

그중 한 초식인 횡소천군이, 무신의 손에서 깔끔히 재
현되었다.

다만.

'오른손까지 베지는 못했어.'

관리자의 손 내구도가 좀 단단하긴 하지만, 아무리 그
래도 작은 생채기를 낸 데 그친 일격.

정밀하게 아이템만 베려고 해서 그런 건지.

무신이 직접 펼친 태산압정치곤, 위력이 강하진 않았다.

그리고.

[스위치가 아니었군…….]

갈라진 태양핵을 보며, 붉은 눈을 번쩍이던 무신은.

곧 이 물건의 정체를 예측하고는, 음산한 목소리로 물었다.

[설마 그것, 태양왕의 물건인가?]

"그래, 태양께서 오신단다."

태양핵을 꺼내자마자 반으로 갈라져 버렸으니, 솔직히 올지 안 올지는 모르지만.

성지한은 태연하게 블러핑을 걸었다.

그러자.

[이놈…… 끝까지 성가시게 구는구나. 동방삭.]

"네, 무신이시여."

[태양왕이 침입해 올 수 있으니, 그를 견제하라. 투성의 바깥에서 요격해야 한다.]

"알겠습니다."

태양왕이 투성에 오는 것을 경계하는 건지.

무신은 동방삭에게 별의 바깥에서 태양왕을 견제하라고 명하며 그를 내보냈다.

휙!

그 명을 듣자, 눈 깜짝할 사이에 사라진 동방삭.

'태양왕, 네가 도움이 될 때도 있구나.'

이러면 2:1에선 벗어났네.

한결 낫군.

그때까지만 해도, 성지한은 한숨을 돌렸지만.

[……태양왕이 오기 전에, 전력을 다해야겠군.]

전력을 다하겠다고 무신이 선포하자.

그의 몸에서 검붉은빛이 피어오르더니, 위로 치솟았다.

빛은 곧 투성의 상공에 떠 있는 성좌의 무구를 향해, 여러 갈래로 나뉘어 닿았고.

화아아아악!

무신의 몸이 거대해지면서.

그의 기운이 크게 증폭하기 시작했다.

조금 전, 원래의 형태였을 때랑 비교하면.

수십 배, 아니 그 이상으로 강력해진 무신.

'음…….'

이건…… 너무 강한데?

성지한은 거대화된 무신을 보면서, 근래 처음으로 막막함을 느꼈다.

극한의 무예에 도달한 동방삭과는 달리.

'……힘으로 찍어 누르네.'

무신은 그냥, 그간 모아둔 힘이 압도적으로 강했다.

드래곤 로드의 아바타 따위는, 단숨에 찍어 누를 정도로.

'그래도, 싸워야지.'

어차피 여기선 도망칠 수도 없는 노릇.

성지한은 전의를 끌어올렸다.

스스스…….

그의 얼굴 반쪽이 공허에 완전히 물들고, 성좌 모드가 발동되자.

[반항하는가.]

성지한의 힘도 크게 증폭했다.

하지만.

'이거론 부족해.'

그간 사용했던 강화 수단을 모두 총동원한 그였지만.

저 강대한 무신의 힘 앞에는 아직 미치질 못했다.

여기서 제대로 싸우려면, 그간 아껴 왔던 걸 다 끌어 써야겠지.

"초신성을 사용한다."

성지한은 스타 버프 중, 1번만 사용할 수 있는 초신성까지 쓰면서.

무신과의 전투에, 모든 수단을 다 사용했다.

* * *

초신성超新星.

스타 버프의 효과가 10배 더 증가하지만, 신성의 효과가 사라지는 페널티가 있는 1회성 버프.

이걸 사용한다면, 신성이 사라져 스타 버프의 효율이 급감했기에.

정말 절실할 때가 아니면, 봉인해 둬야 할 수단이었다.

하지만.

'지금이 바로 그 절실할 때지.'

거대화된 무신과의 1:1 상황.

이때 안 쓰면 초신성을 언제 쓰겠는가.

성지한이 그렇게 초신성을 사용하자, 그의 힘이 급격하게 증폭되었다.

무신에게 압도당하던 기세가 한순간 팽팽해질 정도로.

[아직도 숨겨 둔 수단이 있었는가.]

무신은 그런 성지한을 보면서, 눈을 번뜩였다.

힘을 이렇게나 끌어왔는데도, 성좌 후보자가 이에 대항할 정도라니.

역시 그는 지금 제거해야 한다.

화아아아악……!

무신의 몸에서 검붉은빛이 다시 한번 피어오르고.

더 많은 성좌의 무구와 그가 연결되었다.

'……결합된 개수는 500개 정도인가.'

하늘에는 500개보다 훨씬 많은 성좌의 무구가 있었지만.

무신은 그 정도에서 연결을 끝내고 있었다.

전력을 다한다고 하더니, 여유를 부리는 것인가.

아니면.

'500개까지가 결합 한계선일지도 모르지.'

스스스스…….

조금 전보다 더욱 거대해진 무신.

초신성을 사용하며, 잠깐 비등한 기세를 보였던 성지한은, 또다시 힘이 밀리고 있었다.

아무리 온갖 버프 수단이 있다지만, 무한회귀로 쌓아 올린 힘에는 미치기 힘든 건가.

거기에.

'……시간이 지날수록 불리한 건 나군.'

초신성이고, 성좌 모드고.

다들 결국 기한이 있는 버프 수단.

이에 반해 무신은 하늘에 깔아둔 성좌의 무구가 아직도 많았다.

'처음부터 전력을 사용해야 한다.'

현재 성지한이 지닌 최강의 수단은, 태극마검과 적멸.

적멸을 쓰다가 투성까지 끌려와 버리긴 했지만, 그래도 지금 상황에선 스탯 적을 놀려 둘 순 없었다.

스스스스…….

성지한의 등 뒤에서 태극이 떠오르고.

암검 이클립스가 그 안으로 스윽 들어갔다.

그리고, 그가 거기서 손을 빼내자.

슈우우욱……!

거대한 흑색의 검이 그의 손에 쥐어졌다.

성지한의 키보다, 두 배는 훌쩍 넘는 태극마검.

원래는 장검의 크기였지만, 초신성을 사용해서 그런지 검이 상당히 커져 있었다.

[공허의 정수가 담긴 태극마검…… 네가 이걸 만들었을 리는 없고. 설마 흑색의 관리자가 네게 내린 것인가?]

성지한 따위가 마검을 완성했을 리가 없단 뉘앙스에, 그는 피식 웃었다.

"너야말로 태극마검 안 쓰냐? 아, 쓸 줄 몰랐던가?"

[그것은, 내게 필요 없는 검이다.]

"아하, 그래?"

스으윽.

성지한은 태극마검의 끝을 무신에게 겨누었다.

인간이 쓰기엔 거대한 크기의 흑색 마검.

허나 거대화된 무신에 비한다면, 너무나도 존재감이 초라했다.

-아니 무신은 아까보다 더 커지면 어떻게 하냐?;

-그니까 붉은 눈깔 두 개만 저 멀리에 있네 진짜 ㅋㅋㅋㅋ 어딜 공격해야 함?

-성지한도 대괴수 많이 상대해 보긴 했는데, 무신은

투성의 대지에 발을 디디고, 하늘에 수놓은 성좌의 무구까지 치솟은 무신의 형상.

그 압도적인 위용엔, 성지한의 마검이 아무리 커졌다 한들 그저 이쑤시개 크기나 다름없었다.

그리고.

[오른팔만 남기고, 없애 주지.]

스스스……

무신과 연결된 성좌의 무구에서 모두 빛이 번뜩이더니, 이들이 동시에 움직였다.

그러자, 성지한을 향해 순식간에 쇄도하는 무신의 공격.

'삼재무극이 동시에 펼쳐지는 건가…….'

태산압정, 횡소천군, 선인지로.

각기 내리 베고, 가로를 베고, 찌르는.

삼재무극의 초식이 사방에서 성지한을 압박했다.

이것은, 사실 무공이라고 하기에도 뭣한 기본적인 초식이었지만.

그것이 성좌의 무구 500개에서 동시다발적으로 펼쳐지니, 가공할 만한 파괴력을 자랑했다.

파스스……!

그나마 태극마검을 들고 있는 전방에선, 무신의 공격이

모조리 마검에 의해 막혔지만.

푹!

후방에서 쇄도하는 공격까지, 다 막아 낼 순 없었다.

－헐……!

－성지한 몸…… 베였어?

－무신이 단 한 번 공격한 건데……!

베이고, 갈라지고, 꿰뚫리는 성지한의 몸.

동시다발적으로 펼쳐진 삼재무극은, 압도적인 위력을 내보였다.

그래도, 불행 중 다행으로.

스스스…….

성지한의 육신은 절단되기 직전에.

마치 시간을 뒤로 돌린 것처럼 순식간에 재생하고 있었다.

"……삼재무극을 동시에 500번 쓰다니."

스탯 영원이 지닌 회복력은, 엘프를 뛰어넘을 정도로 재생력이 뛰어났기에.

온몸이 분쇄되는 와중에도, 원래의 몸뚱어리를 되롤릴 수 있었다.

"진짜 그냥 힘으로 찍어 누르는구나."

[역시, 쉽게 죽지는 않는군. 허나 그 재생력.]

스으윽.

성좌의 무구가 다시 움직이고.

[수백, 수천 번 죽어서도 가동될 수 있겠나?]

삼재무극이 성지한에게 쏟아졌다.

태극마검을 제외하고는, 막을 수 없는 공격.

무신의 힘에는 무혼의 공간 장악력도, 저항을 하지 못하고 그대로 뚫려 나갔다.

이대로 서 있다가는 계속 몸이 찢기다 끝이 나겠지.

'접근해야 한다.'

성지한은 태극마검을 들고, 앞으로 나섰다.

버프가 유지되는 동안, 무신에게 닿기 위해 성지한의 신형이 쏘아지자.

그를 향해, 무신의 융단폭격이 이어졌다.

푹! 푹!

신체 전신이 꿰뚫리고, 재생하고를 반복하면서.

결국에는, 성지한이 태극마검을 들고 거리를 좁히는 데 성공했지만.

[그 공격을 다 받아 내고, 여기까지 오다니. 저력이 있구나.]

스스스스……

무신의 형체가 잠깐 희미해지나 싶더니.

[하나, 굳이 맞춰 줄 필요는 없지…….]

성좌의 무구와의 연결이 끊기며, 그의 존재감이 사라졌다.

무신의 공격을 온몸으로 받아 내면서, 겨우 좁혔던 거리.

허나 상대는 자신보다 훨씬 강대한 힘을 지니고 있으면서도, 맞부딪치려고 하질 않았다.

대신.

화아아악!

저 멀리서, 또다시 연결되는 검붉은빛.

어둠에 물든, 거대한 무신의 형체는 그쪽에서 다시 커다랗게 자라났다.

'……와, 진짜 도망친 거야?'

저 압도적인 힘을 가지고 있으면서도?

성지한은 황당하단 표정으로, 무신이 있는 곳을 바라보았다.

그가 힘겹게 좁혔던 거리는, 다시 멀어진 채였다.

* * *

성지한과 무신의 전투.

치열하게 부딪칠 거라고 예상되었던 둘의 싸움은, 시청자들의 기대를 철저하게 배반하고 있었다.

─와…… 무신 미친놈이 또 도망치네 ㅋㅋㅋㅋㅋ 저 흑검에 안 맞으려고 ㅋㅋㅋ

─무기랑 연결 끊고 작아졌다가 다시 멀리서 커진 건

가; 적 홈그라운드에서 싸우니까 답이 안 나오네

　-아니 무신이라며 무신!! 진짜 이렇게 치사하게 나오냐?

　-덩치는 산만 한 게 뭐 이렇게 잽싸;

　500개의 무구로 삼재무극의 공격을 쏟아 내다가.

　성지한이 접근한다 싶으면, 얼른 뒤로 내빼는 무신.

　그의 전투방식은 성지한을 응원하는 인간의 입장에서는, 무신이 뭐 저러냐며 짜증을 유발했지만.

　-무신이 단 한 번의 공격도 허용하지 않을 모양이로군…… 그 막강한 힘을 지녔는데도 철저하구나.

　-성지한을 고사시키려는 거 같네.

　-저 검, 가공할 만한 공허의 힘을 담고 있어. 굳이 부딪칠 필요는 없겠지…….

　-무신의 행성에 들어온 이상, 이미 성지한의 운명은 정해져 있다고 봐도 무방하다.

　-이 인간, 어디까지 올라갈지 예측불허였는데 여기서 꺾이나…….

　-무신이 드래곤 로드보단 훨씬 강하군. 그는 대성좌를 초월한 존재다.

　지닌 힘과는 걸맞지 않게, 도망치는 걸 주저하지 않는

무신.

철저하게 치고 빠지기로 일관하는 그의 전투 방식을 외계의 시청자들은 고평가했다.

그리고.

'이대로 끌려다녀선 버프가 다 끝난다.'

벌써 두 번 무신이 같은 방식으로 도망치는 걸 본 성지한은, 이런 양상으로는 답이 없음을 깨달았다.

거기에.

[공허가 10 감소합니다.]

태극마검을 유지하면서, 공허 스탯이 줄어들고 있었으며.

[스탯 '영원'이 1 감소합니다.]

수도 없이 찢겨 나가고, 재생하던 반동 때문인지.

스탯 영원마저 1이 감소하고 있었다.

시간을 끌면, 이러다가 그냥 자멸할 상황.

'세계수 점화 장치로 그를 흔들어야 하나?'

무신이 근신 처분을 무시하고, 행동하게 만든 원인.

세계수 점화 장치를 꺼낼까 생각하던 성지한은.

푹!

몸이 또 한 번 선인지로에 뚫리는 걸 느끼곤 미간을 찌푸렸다.

지금 상황에서 물건을 꺼냈다간, 무신의 삼재무극에 이 물건이 부서질 위험이 있다.

조금 전 태양핵도 무신의 손짓 한 번에 사라지질 않았던가.

확실한 방어 수단을 마련하기 전엔, 세계수 점화 장치를 꺼낼 순 없었다.

'방어 수단이라⋯⋯.'

하늘 전역에서 쏟아지는 공격을 일부는 막고, 일부는 몸으로 맞으며 성지한은 생각했다.

지금까지는 영원의 재생력과 무혼을 믿고, 방어보단 공격에 집중했었지만.

지금은, 무신의 삼재무극을 봉쇄할 만한 방어 수단을 생각해야 했다.

그래야 세계수 점화 장치로, 그의 발목을 잡을 수 있을 테니까.

성지한은 어떻게 적의 파상공세를 막을까 고민하다가.

'⋯⋯그래. 그걸 써 볼까.'

화르르륵!

새하얀 불꽃을 피워 올렸다.

[그건⋯⋯ 성화?]

백색 불꽃, 성화를 보고 무신이 잠깐 주춤하는 사이.

성지한은 여기에 생명의 기운을 불어넣었다.

그러자 백색의 불꽃이 시뻘겋게 뒤바뀌며, 겁화劫火로 변한 불길은.

사방에 저절로 소멸 코드를 띄우기 시작했다.

[네가, 겁화마저 사용하다니……!]

여유롭던 무신의 기세가 일변하고.

삼재무극의 공세가 더 황급히 성지한을 향해 쇄도했지만.

치이이익!

무신의 공세는, 겁화가 사방에 띄운 소멸 코드의 영역을 넘어오질 못했다.

오히려.

화르르르…….

겁화는, 점차 세력을 확대하고 있었다.

이대로 계속 스탯 적과 생명의 기운을 공급하면, 겁화가 계속 세력을 확장하겠지.

하지만.

[오른팔마저 소멸할까, 손속에 여유를 두었거늘…… 이젠 그럴 필요가 없겠구나.]

파지직……!

겁화가 펼쳐진 이후.

무신의 파상공세는, 삼재무극에서 한층 더 진화한 상태였다.

500개의 성좌의 무구에서, 각기 뻗어 오는 궤가 다른 공격.

그것은, 확산되려던 겁화의 영역을 위축시키고 있었다.

'아까는 손 때문에, 약하게 공격한 거였군.'

확실히 조금 전까지는, 성지한을 박살 내도 관리자의 손은 남겨 두려고 공격에 사정을 두었던 것 같았다.

'힘의 차이는, 압도적이구나.'

겁화의 영역이 더 확산되지 못하는 걸 보면서, 성지한은 하늘을 바라보았다.

무신에게 힘을 제공하는 원천, 성좌의 무구.

지금까진 초신성의 시간 제한 때문에, 바로 무신의 본체를 공격하려 했지만.

'무신은, 이 상태에선 추격할 수 없다.'

겁화를 펼치자마자 공격이 한층 더 강해진 걸 보고, 성지한은 확신했다.

무신에겐 분명히, 아직 여유가 더 있다.

그런 그에게 버프 시간에 쫓겨 가며 공격하려고 발악하다간, 결국 쫓아가다 끝날 뿐이니.

차라리, 그의 힘의 원천인 성좌의 무구를 공략하는 게 나아 보였다.

물론, 지금 바로 세계수 점화 장치를 꺼내 그를 흔들어도 되겠지만.

'아직 겁화엔 여유가 있어. 성좌의 무구 쪽을 공략해 보고 정 안 되면 그때 꺼내자.'

성지한은 빠르게 상황을 판단하곤, 하늘 위로 나아갔다.

슈우욱!

그가 성좌의 무구로 나아가자.

[감히 어디에 손을 대려고 하느냐.]

무신과 연결되지 않은, 무기들이 일제히 움직였다.

무신의 연결하에 있던 것처럼 통일된 공격을 해 나가진 못했지만.

각기 스스로 움직이며, 공세를 펼쳐 내는 성좌의 무구.

그 안에 담긴 위력은 하나하나가 강력했지만.

파스스스……!

태극마검이 성지한의 정면을 막아 주자, 무구의 공격은 모조리 차단되었다.

전방은 확실히 막아 주는 마검.

성지한은 신속히 하늘 위로 올라서서, 거대화된 마검으로 성좌의 무구를 강타했다.

그러자.

치이이익……!

잠깐 태극마검의 공격을 막아서나 싶던 성좌의 무구가.

검의 위력을 견디지 못하고, 금이 가기 시작했다.

[이놈이······!]

그리고 곧.

푸르게 빛나던 성좌의 무구가 완전히 박살 나며, 엄청난 양의 힘이 쏟아져 나왔다.

과연 무신을 서포트하며, 그를 강화시킨 기운이라 이건가.

'부서졌음에도 저 정도면, 원래는 더 엄청났겠네.'

그리고, 사방으로 퍼져 나가던 그 힘은.

화르르륵······!

성지한의 겁화와 닿더니, 여러 차례 불타오르기 시작했다.

그리고.

[스탯 무혼이 20 오릅니다.]
[스탯 적이 15 오릅니다.]

겁화에 닿았던 무구의 기운이, 성지한에게로 흡수되며 오르는 능력치.

'······스탯이, 이렇게나 올라?'

이를 본 성지한이 눈을 번뜩였다.

2장

2장

성지한은 하늘 위에서, 성좌의 무구를 바라보았다.

딱 봐도, 셀 수 없이 많은 무기들.

이것들을 부수고, 스탯을 얻으면.

'버프가 끝나도, 문제가 없겠는데. 아니 오히려 더 강해질 수도 있겠어.'

이거 완전 보물창고네.

지금까지 자신을 수도 없이 베어 꼴도 보기 싫던 성좌의 무구가, 갑자기 이뻐 보였다.

거기에.

'굳이 태극마검으로 부수지 않고, 겁화로 이걸 다 흡수하면 더 강해지지 않을까?'

지금 얻은 건, 어디까지나 마검으로 무구를 한 번 부수고 남은 기운을 흡수한 거니까.

성좌의 무구를 직접 쥔 채 능력을 흡수하면, 더 빠르게 강해질지도 모른다.

'당장 테스트해 봐야지.'

스으윽.

성지한은 빠르게 성좌의 무구로 나아갔다.

그가 굳이 마검을 쓰지 않고, 하늘에 떠 있는 무기를 집으려 하자.

[……설마, 겁화로 직접 태우려는 것인가?]

눈치 빠른 무신은, 얼른 성좌의 무구를 뒤로 물렸다.

성지한을 피해서 저 멀리로, 스스로 날아가는 무기.

'하여간 대응 한번 빠르네.'

그래도 성지한이 최대한 빨리 움직이자.

근처에 있던, 성좌의 무구 하나는 겁화로 붙들 수 있었다.

겁화에 닿자, 처음엔 불길을 버티던 성좌의 무구였지만.

'더 강화시키자.'

성지한이 겁화에 능력을 아낌없이 투자했다.

[스탯 적이 10 감소합니다.]

[스탯 영원이 1 감소합니다.]

적은 물론, 영원마저 감소할 정도가 되자.

화르르르륵······!

미친 듯이 피어오르던 불길은 결국 성좌의 무구를 집어삼켜, 능력을 흡수해 나갔다.

[스탯 무혼이 80 오릅니다.]

[스탯 적이 65 오릅니다.]

그러자 압도적으로 늘어난 능력치.

'이러면 영원 1 소모해서 무혼이랑 적을 대폭 강화시킨 거군.'

이러면 적은 55 늘었다 치고.

영원 1을 소모해서, 스탯이 135가 오른 건가.

이러면 완전 퍼 주는 거나 다름없는 교환 비율이군.

다만.

'영원이 줄어들면, 내 재생력도 금방 바닥을 드러낼 테니. 무작정 이걸 다 쓸 수는 없어.'

무신의 파상공세에서 살아남았던 건, 영원의 덕이 컸다.

스탯 흡수를 위해, 이걸 계속 소모하는 건 위험성이 컸으니.

적절한 때에 멈추는 게 필요했다.

성지한이 그렇게 몇 갤 더 흡수할까 생각하고 있을 때.

파스스스……!

성지한과 거리를 벌렸던 무신이, 이번엔 역으로 그에게 다가오고 있었다.

[……힘이 강해졌군. 나의 무구에서 겁화로 능력을 흡수했구나.]

번쩍……!

붉은 두 눈 가운데에, 새하얗게 빛나는 빛무리.

신안을 발동한 무신은, 성지한의 변화상을 한눈에 꿰뚫어 보고 있었다.

무신 놈, 가진 재주도 많군그래.

성지한은 자신보다 훨씬 큰 신안을 가만히 지켜보다가 입을 열었다.

"이제 도망칠 생각은 접었냐?"

[도망?]

스스스스…….

거대화한 무신이 양손을 펼치자.

지지지직!

하늘과 땅에, 기이한 문양이 퍼지기 시작했다.

–뭐야 저거??

–아…… 그 성지한 님이 봉인할 때 쓰던 봉인진 아닌가 저거.

–그러게. 모양은 비슷한 거 같네…….

-대신 스케일이 차원이 다름;

하늘과 땅을 완전히 뒤덮는 봉인진, 만귀봉신.

자신에게 공격을 퍼붓는 도중에도, 따로 이를 준비한 건가.

정말 힘이 넘쳐흐르나 보군.

'근데 딱히 뭐가 봉인되었는지는 모르겠네.'

하늘과 땅에 거대하게 펼쳐진 봉인진의 위용은 대단했지만.

딱히 이게 생겨났다고 해서, 성지한에게 제약이 가는 느낌은 없었다.

그냥 이 황량한 별에서, 문양이 크게 펼쳐진 것 정도니까.

하나 무신이 노린 봉인의 효과는 성지한을 억제하는 게 아니었다.

[이걸로 네 아이템은, 이제 쓸모가 없어졌다.]

그가 목표로 하는 건, 어디까지나 세계수 점화 장치의 무력화.

성지한이 이걸 누르는 게, 무신에게는 유일한 패배 조건이었으니까.

"흠, 그래? 만귀봉신으로 정말 봉인되었다고 보냐? 인벤토리."

성지한은 그러며 손을 허공에 뻗었다.

인벤토리에서 물건을 꺼내려는 제스처.

그러자, 무신의 강력한 공세가 성지한을 향해 쏟아졌다.

성좌의 무구에서 공격이 뻗어 오는 건 물론.

스스스……!

무신의 거대한 손이 직접 움직이며 성지한을 잡으려 하고 있었다.

파지지직……!

무신의 손이 닿자, 붕괴하기 시작하는 소멸 코드의 영역.

본체의 힘은, 겹화의 방어를 뚫을 정도로 강력했다.

"만귀봉신으로 봉인했다면서, 왜 이렇게 성급하셔?"

스으윽.

성지한은 몸을 뒤로 피하며, 씨익 웃었다.

인벤토리에 넣었다 뺀 그의 손에는, 아무 물건도 잡혀 있질 않았다.

"나 사실 안 꺼냈는데 말이지."

[뭣…….]

"만귀봉신, 펼치긴 했지만 혹시나 했지?"

[네놈……!]

성지한의 페이크에, 본심이 드러나 버린 무신.

아무리 만귀봉신으로 틀어막았다 한들, 세계수 점화 장치는 아이템 자체가 일반적인 것과는 궤가 다른 만큼.

누르면 봉인진을 뚫고 작동할지도 몰랐다.

신중한 무신이 그런 걱정을 안 할 리가 없었으니, 이런 제스처에도 대응한 거겠지.

　'이러면, 아까처럼 도망치는 꼴을 안 봐도 되겠군.'

　스스스스……

　성지한은 태극마검에 한층 더 힘을 불어넣고, 무신의 손을 찔러 나갔다.

　거대한 무신의 손에 비하면, 이쑤시개나 다름없는 태극마검.

　겉으로 보기엔 찔러봤자 피 한 방울 안 날 것 같았지만.

　마검이 품은 공허가 워낙 강력해, 무신은 지금껏 태극마검과의 부딪침을 피하고 있었다.

　하나.

　성지한이 겹화를 사용하여 방어 태세를 갖추고.

　스위치를 누를까 말까, 도발하는 지금은.

　더 이상 몸을 뒤로 뺄 수 없었다.

　[……검째로 뭉개 주지.]

　그래서, 무신의 손은 잠시 주춤하다가.

　역으로 성지한을 향해 뻗어 나갔다.

　손이라기에는 너무나도 커서.

　하늘에서 어둠이 밀려오는 것 같은 무신의 손길.

　하나 성지한의 마검이 정확히 중심부를 찌르자.

　쩌적……!

어둠에 물든 손이, 갈라지기 시작했다.

그리고 그 균열은.

손뿐만이 아니라, 이와 연결된 팔.

더 나아가 어깨 쪽까지 거대한 빛의 선을 만들어 내기 시작했다.

[이 무슨 힘이란 말인가……!]

검이 닿은 것은 단 한 번에 불과하건만.

무신의 어둠이, 팔 쪽에서부터 걷혀 나갔다.

-오…….

-검이 먹힌다…….

-무신 놈이 도망치던 이유가 있었네!

-흑검 위력 장난 아니네;

지금까지 일방적으로 수세에 몰렸던 성지한의 반격에, 인류 시청자들이 환호하는 사이.

스스스스…….

무신의 팔 한쪽에, 어둠이 완연히 걷히며.

그의 육체가 형체를 드러냈다.

* * *

-저게 무신의 팔?

−왜 팔에 또 저렇게 눈알들이 박혀 있냐;

시청자들이 본 건, 거대한 거인의 팔.
적색 피부의 팔에는, 눈동자가 셀 수 없이 자리해 있었
다.

−아니 얘도 눈알거인 과야? ㅋㅋㅋㅋ
−근데 눈이 다 죽어 있는뎁쇼;
−팔엔 왜 이렇게 낙서가 많음?
−낙서라기엔 비슷한 배열의 문자가 도배된 거 같은데.

성지한 채널을 오랫동안 시청하다 보니, 이제는 인류
시청자들에게도 어느 정도 익숙한 눈알거인.
무신의 팔은, 적의 일족의 팔과 모양새가 흡사했다.
다만, 눈동자는 빛깔을 잃고 죽어 있었으며.
문자가 빼곡히 써 있는 게 일반적인 적의 일족과 다른
점이었다.
그리고, 일반 사람들은 저 문자를 읽지 못했지만.
'17777번째 태양왕의 아들이라⋯⋯.'
성지한은 저의 글자를 읽을 수 있었다.
17777번째 태양왕의 아들이라고, 빼곡하게 도배되어
있는 무신의 팔.
저 거대한 팔에 빈칸 하나 없이 새겨진 글자를 보니,

광기 어린 집착마저 느껴졌다.

'무신 정도의 힘으로도, 없앨 수 없는 문자인가? 그럼 그가 태양왕을 경계하는 게 이해가 되는군.'

아까 분명 협공이 가능한 상태인데도, 동방삭을 황급히 파견한 것도.

태양왕과 마주쳤다가, 혹시라도 그의 명령을 따르게 될까 봐 걱정한 거겠지.

그에게 힘을 빼앗겼다간, 진짜 죽 쒀서 개 준 꼴이 되니까.

[……이걸 드러나게 하다니.]

"그러게요. 17777번째 태양왕 아드님."

[이 문자를, 읽을 줄 아느냐?]

"읽히더라? 왕께서 아들을 사랑하나 봐? 뭔 도배를 해 놨네."

[하……!]

성지한의 비아냥에.

쿠르르르……!

투성의 대지가 크게 뒤흔들리기 시작했다.

하늘에 떠 있는 성지한에겐, 이 지진이야 상관이 없었지만.

지이이잉……!

성좌의 무구에서 일제히 검붉은빛이 뻗더니.

무신에게 집중되는 건 이야기가 달랐다.

'500개가 훌쩍 넘었는데…….'

아까 전만 해도, 딱 500개 선을 지키던 무신.

하나 팔이 드러나고 난 이후에 분노한 그는.

성좌의 무구를 모조리 자신과 연결하고 있었다.

가공할 만한 힘이, 무신의 몸에서 소용돌이치자.

'아니, 이러다 우주 끝까지 커지는 거 아냐…….'

성지한은 그가 힘을 더 끌어모으기 전에, 태극마검으로 상대를 공격하려 했다.

하나.

파아아앗!

그가 검을 한 번 더 찌르기도 전에.

거대한 무신의 몸이, 갑자기 어둠으로 흩어지며 사라졌다.

-??

-뭐야 어디 갔어?

-무기랑 연결된 빛도 사라졌네?

-설마 튐? ㅋㅋㅋㅋ

-힘 너무 많이 흡수하다 터져 버린 거 아냐?

사람들이 갑자기 사라진 무신을 보고는 그의 행방에 대해 갑론을박을 벌이고 있을 때.

'음…….'

슈우우욱!

하늘에 떠 있던 성지한이 눈을 부릅떴다.

투성의 대지에서, 자신을 향해 집중되는 거대한 중력.

지금까지 무신의 공격을 수도 없이 막아 냈던 그였지만.

별의 중심에서 자신을 끌어당기는 힘은 이기질 못했다.

'이게 대체……!'

그렇게 땅에 떨어져.

콰직!

몸째로, 대지에 콱 박혀 버린 성지한.

추락하여 몸이 제대로 박살 났다가, 재생된 그는.

두 눈을 껌뻑이며, 위를 바라보았다.

찬란하게 빛나는 성좌의 무구.

그 사이에, 두 붉은빛이.

흉흉하게 번뜩이며 성지한을 노려보고 있었다.

마치, 눈처럼.

[나의 치부를 만천하에 드러냈구나. 성지한.]

"너…… 설마 무신이냐?"

하늘에 뜬 두 붉은빛을 보며 성지한이 떨리는 목소리로 반문했다.

아까 무구 500개랑 연결된 거인 볼 때도 어떻게 저놈 잡나 싶었지만.

태극마검 찔러 보니, 타격은 입는 거 같아서 희망이 보였었는데…….

'아니…… 이건 답이 안 나오는데.'

땅바닥에 처박힌 성지한은, 본능적으로 느꼈다.

무신의 별 투성鬪星.

이 별 자체가 지금 무신과 합일되었다는 것을.

[관리자가 되기 전에, 투성과 융합을 할 줄이야…… 계획 외로다.]

쿠르르르……!

대지가 흔들리더니, 성지한의 팔과 다리가 땅에 파묻히기 시작했다.

성지한도 나름 이에 저항하려 했지만, 작정하고 별과 합세한 무신의 힘은.

지금까지와는 격이 달랐다.

밖으로 드러난 건 머리와, 태극마검뿐.

그 외의 모든 건, 대지에 결박되어 있었다.

'무신 놈…… 처음에 조우했을 때 전력을 다하겠다더니. 전혀 전력이 아니었잖아?'

투성 그 자체가 된 무신.

이것이야말로, 상대의 전력이었다.

그리고 그렇게 드러난 무신의 힘은.

아무리 성지한이라고 해도, 대항할 생각이 사그라질만큼 압도적이었다.

[너는, 절대로 곱게 죽이지 않겠다.]

투성 그 자체가 된 무신의 선포.

저놈 성격상, 저렇게까지 말할 정도면 정말 지독하게 나올 게 틀림없었다.

차라리 그 전에, 스스로 목숨을 끊는 게 낫나.

성지한의 눈에 잠시 희망이 사라졌지만.

'……아니, 어떻게든 빠져나온다.'

그는 다시금 의지를 끌어올렸다.

아무리 답이 안 나오는 상황이라고 해도, 이대로 죽어 줄 수는 없지.

태극마검을 쥐고 있는 왼손은, 상대적으로 대지의 결박 에서 자유로운 편이니.

'검을 운용하여 몸의 자유를 되찾고, 세계수 점화 장치 로 상대를 뒤흔들면……!'

성지한은 땅에 파묻힌 와중에도.

어떻게든 그에게 대항할 수단을 찾으려 했다.

자신이 여기서 이렇게 죽으면, 모든 게 끝나니.

아무리 답이 없어 보여도, 억지로 비틀어서라도 길을 만들어야 했다.

'그래. 무신 놈이 투성이 됐으면 이 별째로 부숴 버리면 되지……!'

별이 됐으니 아까처럼 도망은 못 치겠네.

그렇게 성지한이 다시금 전의를 끌어올리고 있을 때.

저벅. 저벅.

그의 뒤편에서, 발자국 소리가 들려왔다.

그리고 곧.

"무신이시여."

아소카의 목소리가, 나직이 울려 퍼졌다.

* * *

－아니…….

－이 상태에서 아소카까지 오다니…… 진짜 끝인가?

－저 성좌, 시간을 돌리잖아. 무신이 진짜 계속 고문하려고 불렀나?

무신의 세 번째 종 아소카.

그를 토너먼트 경기에서 지켜봤던 시청자들은, 완전히 절망스런 분위기가 되었다.

예전에 토너먼트 때도, 레벨 8 성좌답지 않게 강력한 모습을 보여 줬던 그가 개입한다면.

안 그래도 희망이 보이지 않는 성지한은, 끝이 나게 될 테니까.

[……왜 왔지? 나는 널 부르지 않았다.]

하나 막상 그를 맞이하는 무신은 탐탁지 않은 기색이었다.

아소카가 성지한이 반항하는 순간엔 오질 않고.

무신이 결국 투성과의 합일을 통해 그를 제압하고 나서야, 모습을 드러냈으니까.

그가 만약 일찍 이곳으로 왔다면, 무신이 굳이 투성이랑 합치지 않아도 성지한을 더 수월하게 제압했겠지.

'이미 결착이 났는데, 이제 와서 뭘 할 생각인 건가.'

하늘에 떠오른 무신의 두 눈이, 붉게 빛날 무렵.

"이번에 관측자가 너무 많아, 거대한 흐름을 거스르는 것이 불가능해졌습니다."

아소카가 뜻밖의 이야기를 했다.

[흐름을, 거스를 수가 없다고…….]

아소카는 거대한 흐름을 거스를 수 없다는 식으로 말했지만.

무신은 이게 회귀를 뜻함을 금방 눈치챘다.

"예. 성지한 채널을 통해 이곳을 관측하는 자들의 숫자가 너무나도 많습니다. 거기에 그들 중에는, 관리자도 모두 포함되어 있어서 관측자를 무시하고 흐름을 거스르는 게 불가능합니다."

"그거 결국, 회귀가 안 된단 이야기지?"

바닥에 처박힌 성지한은, 둘의 말을 듣고는 이죽거렸다.

"그럼 무한회귀라도 틀어막은 거군. 잘됐네?"

[무한회귀? 그걸 네가 어떻게 알고 있지…….]

성지한의 말에, 대지가 성지한의 몸을 다시금 잠식했다.

꽁꽁 묶어 둔 것도 모자란지, 아예 몸을 압살하여 모든 조직을 짓눌러 버리는 대지.

일반 플레이어라면, 죽어도 진작 죽었을 거센 압박이 수 십, 수 백 번 성지한에게 들어오고.

[스탯 영원이 1 감소합니다.]

신체는 벌써 터지고 재생하고를 셀 수 없이 반복하다가, 스탯 영원까지 하나 더 소모해 버렸다.

진짜 무신이 죽으려고 마음만 먹으면, 금방 사망하겠네.

성지한은 영원이 줄었단 메시지를 보고는 입가를 일그러뜨렸다.

"그렇게 짓누르면 대답을 할 수가 없는데?"

[……대답하라. 지금 당장.]

그러면서 잠시 헐거워지는 대지의 압박.

이러면 영원은 당장 소모되지 않겠군.

그래 봤자 대답을 들으면 당장이라도 다시 죽일려고 압박을 가하긴 하겠다만.

'시간을 조금이라고 끌기 위해선, 뭐라도 말하는 게 낫겠지.'

성지한은 그리 생각하며, 무한회귀를 알려 준 장본인 아소카를 떠올렸다.

'아소카 이놈, 이번에 전혀 도와주지 않기는 했다만……'

자기랑 동방삭이 무신 잡는 일에 협조하겠다고 하더니.

협조는커녕, 아까 전엔 동방삭이 방해만 될 뻔했다.

그래도 아직은 상황이 여의치 않아서, 협조하기 힘든 것일지도 모르니.

"네 무한회귀야, 희생당했던 내 귀신들이 알려 줬지."

[……설마, 어비스의 주인을 말하는 건가?]

"그래."

성지한은 이미 죽고 사라진, 어비스의 주인을 팔아먹었다.

사실, 완전히 틀린 말도 아니긴 했으니까.

그리고.

[……죽은 놈도 말썽이었군. 다음 회차에 돌아가면, 어비스도 밀어 버리겠다.]

성지한을 노려보던 무신의 눈이, 아소카를 향했다.

[그래서, 대책은 있는가?]

"일단, 관리자의 손이 필요합니다."

[맞아. 손을 회수할 때가 되었지.]

쿠르르르…….

무신은 땅속에서 성지한을 꺼내더니.

치이이익!

"큭……."

그의 오른팔을 단번에 절단해 냈다.

성지한의 다른 육체에 비해 훨씬 단단한 관리자의 손이었지만.

투성과 합일한 무신의 힘은 이기지 못하고, 무력하게 잘려 나갔다.

그러고는 둥둥 떠오르는 손과 팔.

그것은 무신의 두 눈이 있는 곳까지, 금방 승천했다.

그렇게 잘린 팔이 무신의 눈 가까이에 도달하자.

화르르르륵!

관리자의 손이, 시뻘건 불길에 물들기 시작했다.

[이건…….]

무신이 잠시 당황하는 사이.

콰콰콰쾅!

눈 근처에서, 그대로 폭발하는 관리자의 손.

거기서 야기된 폭발력이 상당하여, 무신의 두 눈이 잠시 불길에 잠길 정도였다.

그리고.

스스스스……!

성지한의 잘린 오른팔이, 금방 자라나더니.

"본체! 지금임!"

손과 팔 전체가 타오르며, 그 안에서 붉은 눈동자가 소리를 냈다.

* * *

"뭐야, 너 잘렸잖아? 왜 다시 튀어나와?"

"본체와 나는 이제 떼려야 뗄 수 없는 사이임. 우린 이제 한 몸으로 연결되어 있음!"

아니.

적색의 손 실컷 써먹고 나중에 잘라 버리려고 했더니.

이게 대체 무슨 소리란 말인가.

아예 몸뚱어리랑 합체해 버린 거야?

팔 떼 놔도 소용없을 정도로?

"거참…… 그거 끔찍한데?"

"끔찍하다니. 본체 너무함."

"너무함? 이 새끼야, 너 때문에 이 고생이잖아."

팍!

성지한은 왼손가락으로 오른손등의 눈동자를 찔렀다.

파스스…….

그러자 오른손에 휘감긴 불꽃이 약해지더니.

관리자의 손이 미안한 기색으로 말했다.

"음, 미안함. 무신이 내 생각보다 셌음. 스위치 누를 시간도 안 줄 줄은 몰랐음."

"미친놈아, 미안하면 다냐?"

"대신 내가 버튼 누를 시간은 끌겠음. 봐 보셈."

화르르륵……!

손에서 다시 불꽃이 피어오르더니, 소멸 코드가 사방에 떠올랐다.

겁화를 사용했을 때보다, 몇 겹은 더 중첩된 소멸 코드의 영역.

이걸로도 무신의 압도적인 힘을 막지는 못하겠지만.

"이 정도면 점화 장치 누를 시간은 벌었음!"

버튼 누를 시간은, 충분히 벌 만했다.

"인벤토리."

성지한은 인벤토리에서 바로 세계수 점화 장치를 꺼냈다.

보랏빛 철판 위에 불쑥 튀어나온 붉은색 버튼.

아이템 설명대로라면.

이걸 누르면, 지구와는 멀리 떨어져 있는 이 투성에서도.

지구의 세계수를 불태워 전 인류를 성화로 잠식하고.

그들이 지닌 적색의 인자를 성지한에게로 귀속시킬 수 있게 된다.

단 한 번 누르기만 한다면.

적색의 관리자로, 이 투성에 설 수 있다.

'……내 직감이 그 어느 때보다 강렬히 알려 주고 있어.'

성지한을 여기까지 이끌어 왔던 '감'.

그것이, 이 버튼을 보자마자 그에게 강력히 이걸 누르라고 권고하고 있었다.

그래야만 살 거라고.

누르는 것 이외의 선택지는 없다고.

'지금 내 수준으로는, 무신의 힘에 대항할 수 없다.'

무신은 무한회귀를 하면서, 회귀 때마다 축적한 힘을 성좌의 무구에 비축해 왔다.

그렇게 해서 만들어 낸 무구가 벌써, 셀 수도 없이 많았는데.

그가 이 힘을 모조리 동원해서 투성과 합일까지 하니, 정말 무슨 수를 써도 이길 수가 없었다.

여기서 빠져나가고.

더 나아가 무신에게 승리하려면, 진짜 이제 남은 수단은 버튼을 누르는 것 밖에는 없었다.

[감히…… 여기까지 와서 발악을……!]

파지지지직!

무신의 힘에, 금방 사라지기 시작하는 소멸 코드의 영역.

무신이 투성과 합일한 이상.

이 세계 자체가 성지한에겐 적이었다.

무신의 강력한 압박이 계속되면, 적색의 손이 만들어 낸 소멸 영역도 금방 사라질 상황.

"본체! 대체 뭐함? 왜 이 상황까지 돼서 안 누름?! 이러다 다 죽음!"

"……."

"설마 인류가 타오르는 걸 걱정함? 우리는 그들을 희생시키는 게 아님. 모두가 다 같이 초월자의 일부가 되는 거임!"

-?? 저게 뭔 소리임?

-왜 우리가 타올라?

-그러게. 저거 누르면 뭐 어떻게 되는 건데…….

적색의 손의 외침에, 어리둥절한 인류 시청자들이었지만.

"아, 그래. 동족이 마음에 걸리면 관리자가 되어서 다시 살리셈! 상시 관리자가 되면 그 정도는 가능함! 아니 지금보다도 더 종족 단계를 높여서, 중급. 더 나아가 상급으로도 바꿔 줄 수 있음!"

-어…….

-뭐야 뭔가 손이 말하는 게, 우리랑도 관련 있어 보이는데?

-버튼 누르면 설마 우리 다 타오르는 거야? ㄷㄷㄷ

-인류 불사르고 성지한이 신이 되는 거임…….

관리자의 손이 급하게 떠들자, 상황을 대강 파악하는 시청자들도 생겨나기 시작했다.

-아니 근데 말이 돼? 버튼 눌렀다고 우리가 타오르겠음? ㅋㅋㅋㅋ

-ㄹㅇ 저기 어느 별인지도 모르는 동네잖아…… 거리

가 얼만데?

　-근데 그러기엔 무신도, 관리자의 손도 분위기가 심각한데;

　-애초에 성지한 채널에선 말이 안 되는 스케일이 매번 튀어나오잖아…… __;;

　-아…… 나 살기 위해 인류를 불태운다? 성지한 님이 그럴 사람은 아닐 거 같은데…….

　-나라면 누름. 되살릴 수 있대잖아!

　-아 ㅅㅂ 성지한이 죽는 줄 알았더니 갑자기 내가 죽는 거야? ㄹㅇ??

　성지한이 패배하는 상황에서.

　갑자기 인류 전체가 불타오를지도 모르게 되어 버리자 채팅창은 패닉에 빠지기 시작했다.

　설마 성지한이 버튼을 누를까 하는 사람들도 많았지만.

　자기가 죽게 생겼는데, 거기에 관리자가 되어 살릴 수 있다는데 안 누르겠냐는 반응이 더 많았다.

　그리고.

　"아 진짜…… 본체가 안 누르면, 내가 누름!"

　성지한이 왼손으로 이걸 들고만 있자, 성지한의 오른손가락이 저절로 버튼을 향해 움직였다.

　관리자의 손이, 제 의지를 듬뿍 담아 행하는 손동작.

　하나.

"멈춰라."

성지한의 뒤로, 어느새 다가온 아소카가 그리 말하자.

스스스스……

버튼을 향해 나아가던 손이, 원래 자리로 돌아갔다.

시간을 돌리는, 아소카의 권능이 발현된 것이다.

[아소카! 잘해 주었다!]

혹시나 버튼을 누를까 초조해 하던 무신이 기쁜 탄성을
터뜨리고.

치이이이익……!

소멸 영역은, 순식간에 사라지기 시작했다.

그렇게 아소카에겐 뒤를 잡혀 버렸고.

무신의 힘이, 다시 성지한을 붙들 것 같은 상황.

–아…… 끝났다…….

–성지한님이 버튼을 누르는 게 나았을까…….

–아니 그래도, 나 죽긴 싫어…….

–죽고 살면 되는 거 아님?

–살려 준단 보장은 있고??

이렇게 마지막 수단도 무산되자.

시청자들은 모두 끝이 다가왔다고 느꼈다.

그때.

"성지한, 넌…… 이런 상황에서도 누르지 않는군."

"뭐, 그렇게 됐다."

"왜 그랬는가?"

"손의 말대로, 눌러서 상시 관리자가 되고 나면……."

성지한은 버튼을 보았다.

자신의 목숨을 구해 줄 수도 있는 물건.

지금도 왼손가락을 뻗으면, 당장 세계수부터 불태우겠지.

하지만.

"초월자가 된 내가 가족들을, 인류를 되살렸을까?"

"그렇지 않을 거다. 상시 관리자가 된 너는, 성지한이라는 자아를 초월할 테니. 적색의 관리자가 된 너는, 이번 일을 필멸자 때의 어리석은 생각으로 여기고 인류를 잊어버릴 거다."

"그럴 것 같아서 안 눌렀어."

인류란, 적색의 관리자를 상시 관리자를 만들기 위해 존재하는 종족.

그들을 모두 불태워서 상시 관리자가 되면.

인류란 종족이 만들어진 목적을 달성하는 셈이 되니.

상시 관리자가 된 성지한은, 절대로 그 종족을 살릴 리가 없었다.

아니.

애초에 상시 관리자가 되고 나면, 성지한이라는 자아가 유지되지도 못하겠지.

"……하지만, 아닐 수도 있었다. 너는 온전히 너를 유지하고, 인류도 되살리며. 투성을 박살 낼 수도 있었다. 너는, 그런 가능성을 포기한 거다."

"그래? 그렇게 생각하니 아깝네?"

꾹!

성지한은 왼손으로 세계수 점화 장치의 버튼 아래.

철판을 꽉 눌렀다.

그러자 재빠르게 금이 가더니.

펑……!

세계수 점화 장치가 박살이 나 버렸다.

"미련을 버리기 위해, 부숴 버려야겠군."

스스스스……

부서진 세계수 점화 장치에서.

막대한 양의 공허와.

적색의 기운이 뿜어져 나오더니, 성지한의 신체에 닿았다.

[스탯 공허가 150 오릅니다.]

[스탯 적이 50 오릅니다.]

점화 장치에서 기운을 일부만 흡수했는데도, 엄청나게 오르는 능력치.

하나 상시 관리자를 포기하고 얻은 능력이라고 본다면.

이는 보잘것없는 보상이었다.

[하하! 미쳤구나. 정말로 미쳤어……! 동족? 가족? 그따

위 것 때문에, 상시 관리자가 되는 걸 포기한단 말이냐?]

무신은 득의에 찬 소리를 내질렀고.

"아…… 미친…… 이딴 게 본체라니…… 하…… 죽자. 그냥."

적색의 손은 절망하며 눈을 감았다.

하지만, 그때.

저벅. 저벅.

"……미안하군. 마지막까지 널, 시험했다."

성지한의 앞으로.

아소카가 걸어 나왔다.

"장치를 부수어, 네 의지를 보여 주었으니."

스스스스……

그의 등 뒤로, 붉은 수레바퀴가 떠오르고.

"나도 이에 응당 답하겠다."

치이이익!

거기에서, 암적색의 그림자가 사방으로 뻗어 나갔다.

"천수천안千手千眼."

그리고 곧, 1천에 달하는 그림자 손이.

성지한의 앞을 지키듯이 떠올랐다.

* * *

[……아소카.]

성지한이 버튼을 부술 때만 해도, 흥분해 있던 무신의 목소리가 차갑게 가라앉았다.

[역시 너는, 나를 거역할 생각이었구나.]

"이미 예상했는가."

[그래…… 지구에서 날 가장 위협하던 건 바로 너였으니까.]

무신이 지구에서 일을 꾸밀 때.

그를 가장 방해하던 건 동방삭과 아소카였다.

그리고 둘 중, 힘이 강한 건 동방삭이었지만.

일을 매번 어그러지게 하던 건 항상 아소카였지.

[네가 내게 협력한다고 할 때부터, 분명 다른 마음을 품고 있을 거라 생각했지. 그래서 네가 나의 종이 될 때부터, 준비해 둔 것이 있었다.]

"……."

[하지만 그걸 쓰는 건 먼 훗날이 되리라 여겼는데. 반역의 때를, 지금 잡을 줄이야…….]

언젠가는 올 거라고 예측하고 있던 아소카의 반역.

하나 예상보다 시기가 너무 빨랐다.

거기에 지금은 무신이 투성과 융합하며 힘이 최고조에 달한 상황.

반역의 뜻을 지니고 있더라도 지금 시기는 그냥 보내는 게 현명한 선택인데.

오히려 칼을 이때 빼 들다니?

무신은 천수천안을 지켜보다가, 그의 뒤편에 있는 성지한에게 이목을 집중했다.

[설마하니 성지한을 살리려고 행동한 것인가…… 상시 관리자가 될 기회를 잔정 때문에 버린 멍청한 자를 살리려고?]

"그것 때문에 나는 그를 선택했다."

[한때 나를 위협하던 네가, 정녕 그런 것 때문에 죽음을 택하다니…… 너의 총명에도 빛이 바랬구나.]

과거에 자신을 고전시켰던 아소카가.

자신이 보기엔 어리석기 짝이 없는 인간을 살리기 위해 목숨을 버리다니.

무신은 정녕 이해가 가지 않는 눈으로 두 인간을 바라보았다.

[내가 투성과 결합한 이상, 너는 나에게 해를 끼칠 수 없다. 그걸, 네가 누구보다도 잘 알 텐데…… 참으로. 참으로 어리석군.]

"과연 그럴까."

아소카는 자신을 두고 어리석다고 하는 무신의 눈을 바라보며 한 발을 들었다.

푹!

발이 땅바닥 안쪽으로 움푹 들어가자.

쿠르르르……!

투성의 대지가, 일제히 뒤흔들리기 시작했다.

무신이 별을 지배하던 힘과는, 또 다른

그와 동시에 땅이 갈라지며.

그사이에서 황금의 빛이 새어 나왔다.

[이건…….]

"이 땅의 중심에 있는 바벨탑을 부수었다. 너와 별의 연결고리는, 이로써 끊어진 셈이지."

그 말에, 하늘에 뜬 무신의 두 눈이 흔들렸다.

[네가 그걸, 무슨 힘으로……!]

"무한회귀로 힘을 축적한 건 너뿐만이 아니다."

[뭣…….]

쾅! 쾅!

사방에서 터져 나오는, 황금의 빛.

천수천안의 그림자 손이 이에 닿자.

손이 금색으로 반짝이며, 찬란한 휘광을 드러내기 시작했다.

그 기세는 투성 그 자체가 된 무신에게도 짓눌리지 않을 만큼 강렬해서.

성지한은 이 별에 온 후 처음으로 무신의 압박에서 완전히 벗어날 수 있었다.

−와…… 뭐야…….

−ㅁㅊ 개 센데…….

−아니 거참 진작 좀 나서 주시지…… ㅎㅎ…….

-아소카 본명이 싯다르타였댔나?? 진짜 이 사람 기록 없나?

-딱히 별다를 건 없던데 ㅇㅇ;

-저번이랑 달리 이번 천수천안은 관세음보살 것 같긴 하다.

-그냥 오늘만큼은 관세음보살임.

성지한이 죽는 장면을 보는가 싶던 시청자들은 갑작스러운 상황 반전에 환호하고 있을 무렵.

"언제 도와주나 했다."

성지한은 한숨 돌리면서, 입꼬리를 올렸다.

아소카.

무신이 무한회귀를 하던 중에, 자신도 힘을 축적했던 건가.

과연 그가 걱정하던 상대답군.

'이러면 동방삭도 합세해서 무신을 협공하면…… 여기서 그를 쓰러뜨릴 수 있는 건가.'

아소카랑 동방삭.

무신이 걱정하던 두 절대자가 제대로 합공하기만 하면, 일은 생각보다 쉽게 풀릴지도 몰랐다.

'그냥 무신 사냥에 숟가락만 얹어도…… 아니 안 얹어도 좋으니까. 저놈 좀 죽여 버렸음 좋겠네.'

투성에 소환되고 무신에게 수천 번 넘게 육체가 터져

버렸던 성지한 입장에선.

그냥 두 성좌께서 무신을 처단하는 걸 구경하고 싶었
다.

하지만.

아소카는 안도하는 성지한을 보며, 나직이 말했다.

"성지한, 준비하게."

"무슨 준비?"

"자네는 날 죽여야 하거든."

"……뭐?"

* * *

아니, 내가 미쳤다고 왜 생명의 은인을 죽여?

성지한은 깜짝 놀란 얼굴로 아소카를 바라보았지만.

그는 평온한 얼굴로, 시선을 자신의 등 쪽으로 돌렸다.

"내 금륜적보를 봐 보게."

"이 해골 수레바퀴? 왜?"

아소카의 금륜적보.

그것은 거대한 수레바퀴로.

끝은 99개의 황금 두개골로 이루어져 있으며, 내부는
붉은 뼈로 만들어져 있었다.

그리고 아소카의 천수천안은 이 수레바퀴를 기준점으
로, 퍼져 있었으니.

금륜적보는 아소카의 핵심적인 힘의 원천으로 보아도 되었다.

"두개골 일부가 검게 물들어 있지 않은가?"

"……맞아, 이제 6개 째다."

"두개골이 모두 검게 물들게 되면, 난 죽네."

뭐?

성지한은 그 말에 놀라 금륜적보를 유심히 바라보았다.

7번째 두개골도, 금방 시커멓게 물들어가는 게.

99개의 금륜이 모두 흑색으로 변하기까진, 오랜 시간이 걸리지 않을 것 같았다.

"조금 전 듣지 않았던가? 무신이 날 경계해서, 준비하고 있는 게 있었다고."

"그게…… 이 흑색으로 변하는 두개골이라고?"

"그렇다네."

죽음이 예정된 아소카는 태연한 얼굴로, 천수천안을 움직여 대지를 부숴 나갔다.

"죽기 전에, 투성에 대한 정보를 알려 주겠네."

"정보라면……."

"투성의 핵을 이루는 두 축은, 성좌의 무구와 바벨탑이네. 바벨탑은 내가 확실히 부수었지만, 무신이 재건할 가능성은 언제든지 남아 있지."

콰콰쾅!

아소카가 성지한에게 이야기를 시작하자, 하늘에서 성

좌의 무구가 모조리 번쩍였다.

[아소카…… 금제가 발동되었는데, 어찌 죽지 않고 입을 나불대느냐!]

분노한 무신의, 전력을 다한 공격.

천수천안이, 이 공격을 막기 위해 성지한과 아소카를 감쌌다.

'무신 놈…… 아까는 관리자의 손 때문에, 힘 조절을 한 거였군.'

무신이 아까 성지한에게 이 힘으로 폭격을 가했다면.

아무리 영원의 힘이 있다한들, 진작 가루가 되었겠지.

파스스스……!

천수천안을 뚫고, 거대한 벼락이 안을 파고들자.

"무신이 조급해하는군. 좋은 징조네."

툭.

아소카는 손가락을 튕겨, 이를 끄곤 아까의 주제를 이어 나갔다.

"바벨탑은 무한회귀의 과정에 힘을 저장하는 수단이며, 무신이 투성을 확실히 지배하는 통로가 되니 자네는 바벨탑이 재건되지 않도록 힘을 써 주게."

"……어떻게 하면 되지?"

"바벨탑의 원 주인을 확보하게."

원 주인이라면, 역시 길가메시를 말하는 건가.

그놈은 별 쓸모가 없는데, 탑이 중요한가 보군.

성지한이 고개를 끄덕이자, 아소카가 싱긋 웃었다.

[성좌의 무구는 하나의 회차를 마치고 힘을 저장해 둔 저장소. 이것은 동방삭이 많은 부분 해결해 줄 것이네.]

지금까지는 말로 하더니, 성좌의 무구에 관해서는 예전처럼 음성을 보내는 아소카.

동방삭의 변심에 대해서는, 무신에게 알리면 안 되니 이러는 것 같았다.

근데 이러면.

'지금까지 말한 건, 무신이 들어도 되는 거였나⋯⋯.'

성지한이 잠시 이렇게 의문을 지니는 사이.

"성좌의 무구는, 무신이 투성과 합일하며 이미 1할 이상 힘을 소모했네. 거기에 바벨탑과의 연결도 끊었으니 1할 더 사라질 테고."

스으윽.

아소카는 손가락을 위로 향했다.

성지한과 아소카를 보호하던, 일천의 황금손 곳곳에 균열이 생겨나고.

무신의 파상공세가 끝없이 이를 두드리고 있었다.

"이렇게 천수천안을 부수느라, 힘을 1할 더 사용하겠군."

[이놈이⋯⋯!]

"정확한 계산이지 않는가, 무신?"

[그래⋯⋯ 정확하다. 참으로 정확해! 이번에 너를 이렇

게 죽이는 게, 차라리 내겐 잘된 일이구나!]

무신은 분노하면서도, 아소카의 계산을 긍정했다.

그럼 이 계산대로면.

성지한이 무신에게 투성과의 합일을 이끌어 내, 그가 지닌 힘의 10퍼센트를 없앴고.

아소카는 20퍼센트를 무너뜨린 건가.

"아직 70퍼센트나 남은 건가…… 무신 놈, 질기네."

"그러니 자네가 나를 죽여 힘을 얻어야 하네."

아소카는 또다시 자신을 죽여 달라고 말했다.

어차피 결국 금제로 죽을 테니까.

능력을 전달해 주겠다는 건가.

성지한은 입술을 깨물었다.

"……그렇게 죽여서, 힘을 얼마나 얻는다고?"

"자네에겐 성화가 있지 않은가. 나의 힘을 가져간다면, 무신에게 아까처럼 무력하게 당하지는 않을 거야."

생명의 은인을 성화로 불태우라고?

성지한은 한숨을 길게 쉬었지만.

"해야 하네. 성지한."

"……알겠다. 그럼 쓰라고 할 때, 바로 쓰지."

아소카가 다시 한번 강조하자, 결국 그의 말에 따르기로 했다.

그렇게 둘의 대화가 끝나 갈 무렵.

[내가 일이 그렇게 흘러가도록 놔둘 것 같으냐?]

무신의 공세는 한층 더 강력해졌다.

천수천안의 손이 하나둘씩 찢겨나가고.

금륜의 색은, 아까 보다도 빨리 흑색으로 물들고 있었다.

무신이 가장 걱정하던 적, 아소카.

그리고 마지막에 선택을 어리석게 하긴 했지만, 수많은 변수를 창출해 냈던 성지한.

아소카가 자신의 힘을 성지한에게 넘긴다면.

끝날 줄 알았던 '변수'가.

또다시 걷잡을 수 없이 흘러갈 수 있었다.

'무슨 일이 있어도, 이 둘을 여기서 처리해야 한다.'

그 어느 때보다 마음이 급해진 무신은.

최후까지 아껴둔 수단을 사용하기로 했다.

슈우우우…….

하늘에 뜬, 거대한 무신의 두 눈에서 붉은빛이 퍼져 나가고.

-어…… 뭐야 저거.

-무신의 눈 근처에 뭐가 생기는데…….

-아 그 뱀같이 생긴 드래곤 로드 머리 아님??

-근데 크기가 미쳤음;;;

태양왕의 17777번째의 아들 문양이 가득 새겨진.

거대한 뱀의 머리가 투성의 하늘에서 모습을 드러냈다.

카아아아아아!

천수천안을 향해, 그대로 내려오는 뱀의 머리.

일천 개의 거대한 황금의 손도.

한입에 잡아먹힐 만큼, 뱀의 형상은 압도적인 존재감을 자랑했다.

그리고.

쩌적……!

황금의 손이 뱀에게 단번에 찢기고.

그 아래에.

금륜적보를 움직이고 있는 아소카가 드러났다.

[아소카! 불을 못 붙였군. 늦었구나!]

아직은 성화가 타오르지 못한 걸 보고.

무신이 급히 그를 잡아먹으려 들었다.

성지한에게, 힘이 넘어가서는 안 되었으니까.

한데.

[뭐냐. 성지한, 성지한은 어디 갔지…….]

천수천안의 안쪽엔.

분명히 둘이 있어야 했는데, 무신의 눈에 보이는 건.

아소카 단 한 명밖에 없었다.

"후후. 급하구나, 뱀이여. 한데 의아하지 않았나?"

[뭐?]

"왜 내가 굳이 네게 들리게 말을 했겠는가?"

씨익.

아소카는 당황한 뱀을 바라보며, 웃음을 지었다.

"후대에 큰 짐을 떠맡겼으니. 네 힘의 2할은 더 가져가
야겠지."

[너, 설마 날…… 속인 건가…….]

"그래. 항상 나한테 당하더군."

그의 몸에서, 황금의 빛줄기가 사방을 향해 뻗고.

"뒷일은 부탁하지, 성지한."

뱀의 머리 안에서.

황금의 빛이 회오리쳤다.

                    *   *   *

조금 전.

투성의 외곽.

평소보다, 새하얀 빛으로 번쩍이는 그 장소에는.

거대한 빛의 거인 형태의 태양왕이 뜻밖의 장애물에게
막혀, 좀처럼 나아가질 못하고 있었다.

[우주천마…… 그만 앞을 가로막고, 비켜라!]

"그럴 순 없습니다."

태양왕의 크기에 비하면, 태양 아래 반딧불이나 다름없
는 동방삭.

하나 그는 홀로 우주 공간에 떠서, 빛의 거인을 막아섰다.

[무신은 나의 아들. 아비가 자식을 만나겠다는데, 무신의 종자가 이를 가로막을 셈이냐!]

"그래서 아직 제게 죽지 않은 줄 아십시오."

[뭐, 뭐라고…….]

"조금 전 전투로, 느낀 바가 없으십니까?"

스으윽.

태양왕을 올려다보는 동방삭.

그의 손에는, 새하얀 빛으로 물들어 있는 태극마검이 자리했다.

그가 검 끝을 태양왕에게 겨누자.

번쩍!

태양왕이 자신도 모르게 뒤로 물러났다.

스윽.

그러자 동방삭이 수염을 쓰다듬으며, 슬쩍 비웃음을 흘렸다.

"느낀 바가 있긴 한가 봅니다."

[이놈이……!]

아들의 종 따위에게, 이렇게 굴욕을 당하다니.

태양왕은 동방삭의 비웃음에 분개했지만.

저 빛의 검에 대한 경계를 놓진 않았다.

동방삭의 태극마검.

저 검의 압도적인 파괴력은 이미 한 차례의 격돌로 체험해 본 바가 있었으니까.

'대체 인간 따위가 어떻게 이렇게 강하단 말인가…….'

우주천마.

무신의 종자로, 배틀넷에서 단 한 번도 지지 않았다는 초월적인 무인.

하나 태양왕은 그런 세간의 소문을 들을 때마다, 가소롭게만 생각했다.

무패의 성좌?

그거야 얼마 안 살아서, 진정한 강자를 안 만나 봐서 그럴 뿐이지.

자신 같은 대성좌와 마주하면, 그대로 짓밟힐 존재라고 여겼는데.

'……이 몸으로는, 그를 이길 수 없다.'

투성의 위치를 알아채자마자, 급한 대로 본체의 일부만 강림한 태양왕은.

동방삭을 넘어설 수 없음을 확실히 깨달았다.

그래도.

스윽.

동방삭이 대치 상황에서 아예 몸을 돌려, 뒤를 향하자.

태양왕의 빛이 폭발했다.

[지금, 날 눈앞에 두고 뒤를 본단 말이냐?]

번쩍!

태양왕에게서 강렬한 빛이 퍼져 나오자, 동방삭이 눈을 찌푸렸다.

"잠깐만 가만히 계시죠. 지금 중요한 순간입니다."

그러고는 한 차례 움직이는 태극마검.

동작은 단순히 한 번 베는 것에 불과했지만.

빛의 궤적은, 끝없이 어둠을 토해 내더니 태양왕의 육체를 잠식했다.

조금 전 맞부딪쳤을 때보다도 훨씬 강한 적의 검격.

빛의 거인 형태이던 태양왕은 순식간에 머리만 남았다.

[뭐, 뭐지 이 힘은…… 조금 전엔, 힘을 숨겼단 말이냐?]

"주인의 아비일지도 모르니, 죽이지 않은 겁니다."

동방삭은 겉으론 그리 말했지만.

'여기서 벌써 죽이면, 무신이 나를 투성으로 부를 테니까. 너는 남아 줘야 한다.'

속으로는 다른 생각이 있었다.

무신과 동방삭이 합공하면, 성지한은 어떻게 대항하더라도 죽을 테니.

투성에서 자리를 비우기 위해서라도, 태양왕을 지금 처단해선 안 되었던 것이다.

그렇게 태양왕을 무력화시키고, 투성의 상황을 지켜보던 동방삭은.

'……아소카.'

아소카가 등장하자, 태극마검을 꽉 쥐었다.

그가 나섰다는 건, 무신을 거역할 때가 왔다는 뜻.

태양왕 따위야 내버려 두고, 동방삭도 투성으로 가 그를 조력하려 했지만.

[동방삭, 들리는가.]

그가 개입하기 전에, 아소카의 음성이 들려왔다.

'들리네.'

[자네, 성좌의 무구를 일검에 얼마나 없앨 수 있겠나.]

'한 번에? 지금으로선, 일검에 1할에서 2할 정도는 없애겠지.'

[그래…… 그럼, 아직 자네는 나서면 안 되겠군.]

'아직도…… 나설 때가 아닌가? 이 상황에서도?'

당장이라도 개입하려는 동방삭을 말리던 그는.

성지한이 세계수 점화 장치를 부수자.

목소리가 한층 가벼워졌다.

[……장치를 부수어, 그는 의지를 확고히 보여 주었네. 이젠 갈 때가 되었군. 성좌의 무구를 부탁하지.]

'……아소카! 나도 돕겠다. 우리 둘이 힘을 합하면, 오늘 무신을 무너뜨릴 수 있다!'

그 말 뜻이 무얼 의미하는지 눈치챈 동방삭은, 황급히 그에게 의념을 보냈지만.

[아니, 아직은 불가능하네. 오히려 지금은 자네를 더 숨겨야 하네. 무신의 충신이 되게.]

'충신이, 되라니.'

동방삭은 아소카가 천수천안을 펼치는 걸, 아연한 얼굴

로 지켜보았다.

　무신의 반응을 보니, 아소카의 금제를 발동시킬 게 확실한데.

　자신이 개입해 돕지 않는다면, 그는 무조건 죽는다.

　'아소카, 나의 검이…… 부족했는가? 그래. 무신의 무구, 없앨 수 있네. 내가 다 없애겠네. 이 검에 전력을 다해, 투성의 하늘을 무너뜨리겠네. 그러니 제발……!'

　태극마검을 쥔 손에서 피가 떨어지고, 동방삭의 눈에는 핏발이 섰지만.

　[구세제민의 맹세를, 잊지 말게.]

　아소카의 말을 듣곤, 힘이 탁 풀렸다.

　두 사람이 무신의 종이 된 이유.

　그것은, 둘의 목숨보다 우선시되어야 했다.

　'……내가, 어떻게 하면 되겠나.'

　[우선은 그의 충신이 되어야 하네. 그리고…….]

　동방삭은 그렇게 아소카의 마지막 전언을 듣고.

　가만히 투성의 상황을 지켜보았다.

　천수천안을 꺼내어, 성지한을 보호하고 투성의 대지를 무너뜨리는 아소카.

　그는 결국 무신의 진면목, 거대한 뱀의 머리까지 드러냈고.

　그 머리에 집어삼켜지는 와중에도.

　자폭을 하여, 무신에게 심대한 타격을 주었다.

그 모든 과정을.

동방삭은 멀리서, 멍한 눈으로 지켜보았다.

'……내가 조금 더 강했다면.'

일검에 투성의 하늘을 무너뜨릴 수 있었다면, 아소카는 저렇게 죽지 않아도 되었겠지.

내 탓이다.

동방삭은, 아소카가 사라지는 장면 모두를, 자신의 눈에 담았다.

그때.

[저것 보아라! 무신, 저놈…… 역시 나의 아들 아니냐! 17777번째 아들! 아, 혹시 문자를 읽지 못하는가?]

"……."

어느덧 몸을 상당히 회복하고.

본체의 힘을 더 끌어와, 육신이 더욱 거대해진 태양왕이.

투성을 지켜보다, 뱀의 머리에 적힌 문양을 보고는 탄성을 질렀다.

[우주천마, 당장 길을 비켜라. 고전하는 아들을 위해 내 기꺼이 힘을 보태지!]

"시끄럽군."

휙!

태극마검이 뒤를 향해 뻗고.

[허, 아까처럼 무력하게 잠식될 줄 아느냐? 본체의 힘을 더 가지고 왔으니……!]

태양왕이 말을 끝내기도 전에, 그의 몸이 암흑에 물들었다.

태양빛을 잠식한, 어둠은.

"조용히."

동방삭이 검을 한 번 더 휘두르자.

더욱 빠르게 퍼져 나갔다.

[아, 아니…… 본체의 힘을 급하게 더 끌어왔건만…….]

"조용히."

스스스스!

거대한 태양왕의 머리까지 삼키는 어둠.

조금 전에는 무신의 아비라서 살려 뒀다고 하더니.

이제는 인정사정없었다.

[이건 아무리 그래도, 규격 외…….]

"조용히."

슈우우욱.

동방삭의 등 뒤에 있던, 태양왕이 완전히 어둠에 잠기고.

그의 소리도 사그라졌다.

그렇게 완벽하게, 동방삭에게 패배하여 사라진 태양왕이었지만.

"조용히…… 해라."

그는 여전히 검을 뒤로 뻗었다.

단지 조용히 하란 말만 끝없이 늘어놓으면서.

눈으로는, 투성을 좇았다.

* * *

'……음.'

성지한은 눈을 떴다.

분명, 방금 전만 해도.

―자네에겐 성화가 있지 않은가. 나의 힘을 가져간다면, 무신에게 아까처럼 무력하게 당하지는 않을 거야.

아소카가 자길 성화로 죽이라고 했었는데.

갑자기 시야가 어두워진다 싶더니, 자신만 영 생뚱맞은 공간으로 들어와 버렸다.

'여긴…… 일단 투성은 아닌 거 같군.'

성지한은 주변을 둘러보았다.

발 디딜 곳은 있으나, 그 외에는 아무것도 보이지 않는 어두컴컴한 공간.

'흠…… 채팅 한번 봐야 하나.'

성지한은 배틀튜브의 채팅창을 열어 보았다.

의식을 잠깐 잃었을 때, 무슨 일이 있었는지 위의 글들을 보면 알 수 있겠지.

한데.

-와 ㅅㅂ…… 뭐야, 낚은 거야 무신?

-일부러 말을 한 거구나. 성지한한테 힘 물려줄 테니까 급하면 전력 다하라고;

-근데 저렇게 덤벼 오면 저기서 어떻게 살아요??

-어, 무신이 성지한이 없다는데…… 근데 우린 어떻게 보고 있는 거임? ㄷㄷ

-아. 터, 터진다!

-자폭한 거야…… ㅠㅠㅠㅠ

-와, 아소카 혼자서 무신 힘 40퍼센트 가져간 거네;;

정신을 잃은 이후의 상황에 대해서, 한참 채팅이 길게 나타나 있었다.

'자폭했다고…… 아소카가?'

아니 대체 무슨 상황이야.

영상 다시 봐야겠네.

성지한은 그렇게 생각을 하다가, 배틀튜브 채팅창이 멈춘 걸 보고는 생각했다.

'따로 끈 기억이 없는데…… 저절로 꺼졌나?'

성지한은 배틀튜브를 다시 켤까 하다가.

일단 이 장소가 어딘지부터 파악하기로 했다.

저벅. 저벅.

얼마나 걸어갔을까.

'빛이 보이는군.'

어둠을 밝히는, 미세한 황금빛이 보이고 있었다.

그리고 빛을 따라 더 다가가니.

"이건……."

드르르륵…….

황금빛의 작은 수레바퀴가, 허공에서 천천히 돌아가고 있었다.

신성한 기운이 느껴지는 금륜.

'이건, 아무리 봐도 아소카의 것이군…….'

이걸 보니, 이 공간에 자신을 데려다 놓은 건 아소카가 확실했다.

자폭하기 전에, 자신만 이리로 보낸 건가.

'혼자서 무신의 전력 40퍼센트를 없앴다니…… 신세만 지네.'

성지한은 자폭한 아소카에 대해, 고마움과 안타까움을 느끼며.

가만히 금륜을 바라보았다.

천천히 돌아가던 금색 수레바퀴는.

성지한이 도착하자, 바닥에 빛을 퍼뜨리고 있었다.

그리고 곧.

화아아아……!

주변의 풍경이 변화했다.

'여긴…… 바벨탑이 설치되었던 선릉이군.'

성지한을 투성으로 납치하기 위해, 설치되었던 바벨탑.

피티아와 길가메시의 목적 달성은 실패했지만, 적색의 손이 제대로 사고를 치는 바람에 무신에게 끌려가 버렸었지.

이 모든 일의 시초가 되었던 장소.

바벨탑을 중점으로, 풍경이 변화한다라…….

'흠…… 설마, 투성의 바벨탑과 연관되어 있나.'

지구에 설치된 바벨탑 주변을 공명해서 보여 주는 어둠 속 공간.

성지한은 여기가 투성의 바벨탑과 연관이 있을 거라고 추측했다.

그리고 그가 주변을 잠시 바라보고 있을 즈음.

드르르륵…….

작은 금륜이 한 바퀴 더 역으로 돌아갔다.

그러자.

번쩍……!

선릉 풍경을 비추던 이 공간에서.

하나의 포탈이 불쑥 떠올랐다.

'이거, 혹시 선릉으로 가는 포탈인가…….'

어쩌면.

저 금륜은 시간을 뒤로 돌려서, 길가메시와 피티아가 쳐들어왔을 때를 재현한 거 아닐까.

성지한은 푸른빛과 붉은빛이 섞인 포탈을 가만히 살펴보았다.

원래라면, 아무 포탈이나 들어가질 않지만.

만약 여기가 투성의 바벨탑과 연관되어 있는 공간이라면.

자폭의 충격에서 벗어난 무신이 추격해 오기 전에 들어가야 했다.

'그래, 아소카는 믿을 수 있다.'

목숨도 살려 주고, 무신 힘 40퍼센트를 빼 줬는데.

그를 안 믿으면 누굴 믿겠나.

성지한은 포탈에 들어서려다, 문득.

움직임을 멈춘, 황금 수레바퀴를 바라보았다.

저거…….

동작은 멈추긴 했어도, 아직도 존재감이 상당한데.

'그러고 보면. 성화 이야기를 아까 그 긴박한 순간에 꺼냈었지…….'

그게 단지 무신을 낚으려고만 한 이야기였을까?

성지한은 금륜을 보며, 아닐 거라고 생각했다.

그가 성화를 거론한 건.

어쩌면 이때가 왔을 때, 금륜을 태워 힘을 얻어 가란 이야기 아니었을까?

'……그래, 성화를 쓰자.'

성지한은 적의 기운을 끌어올렸다.

그러자, 조금 전 무신과 싸울 때에 비해.

터무니없이 적은 불의 기운만 그에게 호응했다.

'……버프가 다 끊겨서 그런가? 그래도 너무 약해졌네.'

성지한은 나중에 능력 점검을 좀 해 봐야겠다고 생각하고는.

손끝에 성화를 피워 올렸다.

그러자.

드르르륵……!

금륜이 이에 호응하듯 움직이면서.

백색 불길에 스스로 뛰어들었다.

3장

3장

스으으으……

백색 불꽃 안으로, 금륜이 사라지고 나자.

성지한은 몸의 감각이 일순간 사라지는 느낌을 받았다.

그리고 곧.

'이건……'

주변의 풍경이 바뀌었다.

어두컴컴한 공간에서, 태양빛이 내리쬐는 지상 위의 세상으로.

그런 성지한의 눈에 제일 먼저 들어온 건, 거대한 나무였다.

그리고 그 아래, 앉아서 명상을 하고 있는 사람이 보였다.

'아소카를 닮았군.'

고생을 한 건지 삐쩍 마르긴 했지만.

외관상은, 성좌 아소카와 흡사한 사내.

성지한은 그가 무신에게 이름을 받기 전, '싯다르타'임을 추측할 수 있었다.

그렇게 한참을 앉아 있던 그의 머리 위로.

화르르륵······!

갑자기 적색의 불꽃이 피어올랐다.

"우리에게, 이런 것이······."

눈을 감았던 싯다르타가 탄식하며 머리 위로 뜬 불꽃을 바라보았다.

황금의 빛이 은은히 감도는 그는 신성하기 그지없었지만.

그의 머리 위편에 피어오른 불꽃도 강렬한 기세를 품고 있었다.

그리고.

[깨달았는가. 나를 인식하고, 벗어났구나.]

번뜩······.

허공에 뜬 불꽃은 서서히 꺼지더니, 하나의 눈동자를 만들어 내었다.

"너는······ 무엇이냐."

[나는 너희의 창조주요. 너희는 나를 잉태한 어미이다.]

"······."

인류의 창조주라면서, 인류보고 어미라고 하는 눈동자.

성지한은 이 자가 누구인지 깨달을 수 있었다.

'……적색의 관리자군.'

길가메시를 통해 적의 인자를 품은 인류를 만들어 내고.

이들을 번식시켜, 최종적으론 상시 관리자가 되려 하는 적색의 관리자.

그가 과거의 싯다르타 앞에서, 모습을 드러냈던 건가.

[깨달은 자여, 너에게는 두 가지의 길이 있다.]

스윽.

눈동자는 싯다르타를 내려다보았다.

[나에게 협조할 것인가. 아니면, 외면할 것인가.]

"협조와 외면이라……."

[협조하면 나와 융합되어 영생을 누릴 것이고, 외면하면 그대로 살다가 죽을 것이다.]

성지한은 관리자가 제시한 선택지를 들으며 생각했다.

'둘 다 별로지만, 그나마 외면이 낫나.'

협조는 해 봤자 적색의 관리자 몸뚱어리 일부밖에 안 될 거 같은데.

잘해 봤자 관리자 몸뚱어리의 눈동자 중 하나로 만들어주지 않겠어?

그러느니 그냥 외면하고 살다 죽는 게 나을지도.

성지한이 그리 생각하고 있을 때.

"우리는 결국, 너라는 절대자의 일부로 속하게 되겠군."

[그렇다. 그것이 너희가 태어난 이유이다.]

"'나'라는 의식은 사라지는가?"

[깨달은 자는 존중한다. 너는 스스로 생각할 수 있을
것이다.]

"그럼 깨닫지 못한 이는……."

[그런 이들은, 관리자의 파편이 되는 것만으로도 감읍
할 것이다.]

깨닫지 못한 자는, 몸뚱어리나 되라 이거군.

[그래서, 무엇을 택할 것인가.]

"협조와 외면 중에 말인가?"

[그렇다.]

그렇게 묻는 눈동자의 움직임은 권태로웠다.

사실은, 둘 중 뭘 택해도 상관없어 보이는 태도.

뭘 하든 대세에는 지장이 없다고 본 거겠지.

하지만.

"세 번째를 택하지."

[세 번째?]

"널 거역하겠다."

[…….]

싯다르타의 선택에, 눈동자가 흥미롭다는 듯 빛을 띠었
다.

[거역…… 그것은 외면이나 마찬가지다. 불가능하기 때문이지.]

"그럴지도."

[그럼에도 할 것이냐?]

싯다르타가 고개를 끄덕이자, 눈이 깜빡거렸다.

[네 이전 5명의 깨달은 자는 모두 다 외면을 택했다. 한데 거역이라…….]

"……."

[좋다. 오랜 기다림 속에, 하나의 유흥거리가 생겼구나.]

세 번째 길, 거역에 오히려 기꺼워하던 붉은 눈동자는.

스스스스…….

갑자기 허공에서, 이동하기 시작했다.

'어?'

멀리서, 둘을 지켜보던 성지한에게로.

[너는, 어찌할 것이냐?]

눈동자는 그렇게 그를 똑바로 쳐다보면서.

[이번 대, 나의 심장이여.]

그를 심장으로 지칭했다.

* * *

"……뭐?"

심장이라니.

이 눈깔이 갑자기 뭔 소리야.

[나의 심장은 관리자의 권능 적赤을 다루는, 핵심 기관. 내게는 가장 중요한 중심부다.]

"근데 그게 나랑 무슨 상관이지?"

[고대, 심장의 인자는 인류 중 뛰어난 이에게로 계승되었지만……]

스윽.

붉은 눈은 싯다르타 쪽을 바라보았다.

그도 심장의 인자 중 하나였나?

[저자처럼, 깨달음을 얻어 적의 인자를 스스로 버리는 경우가 생겨났다. 뛰어난 이에게 심장의 인자가 결합되어 생긴 부작용이지.]

"그래서?"

[나는 가장 뛰어난 이에게 계승시키는 방침을 바꾸어, 무작위로 심장이 될 이들을 선정했다.]

뭐야.

그러니까 싯다르타는 한 시대의 인류 중 제일 뛰어난 사람이어서, 심장의 인자로 선정되었고.

그가 저렇게 깨닫고 거역하고 나서니까, 나중엔 랜덤으로 심장 인자 선정이 바뀐 건가?

"난 그러니까 싯다르타처럼 잘나서 선택된 게 아니고 운빨로 됐다 이거지?"

[그렇다.]

"……그럼 너희들 문자를 읽고, 적의 권능을 사용할 수 있던 거도 심장이어서 그런 건가?"

[그것뿐만이 아니다.]

눈동자가 그리 말하자.

두근.

묘한 감각이 성지한의 전신에 퍼져 나갔다.

'이건…….'

[심장의 인자는, 최적의 선택을 하도록 널 도왔지.]

이것은 항상, 최적의 선택을 하게 해 주었던 성지한의 감.

이 덕에 여러 번 위기를 넘기긴 했지만.

세계수 점화 장치를 꺼내던 시점에서는, 버튼을 눌러야 살 수 있다고 엄청나게 경고했지.

'이 감각도. 내가 심장이어서 그런 거였나.'

적색의 손이 왜 그렇게 자신을 본체라고 노래를 불렀는지, 이제야 좀 이유를 알 것 같았다.

[그래서 다시 묻겠다. 너는, 어찌할 것이냐?]

"스위치 부순 거 못 봤냐?"

[보았다. 하나 그것은, 네가 무지해서 그렇다.]

"무지…… 라고?"

[그건 네가 관리자의 힘을 몰라서 행한 선택.]

탁!

붉은 눈동자가 성지한의 이마에 붙었다.

그러자.

풍경이 다시 한번 뒤바뀌며.

이번에는 투성에, 성지한이 갓 소환되었을 때로 전환되었다.

[보라.]

그러며 또다시 펼쳐지는 전투 시뮬레이션.

무신은 투성과 결합하여, 성지한을 매섭게 압박했지만.

이번의 그는 인벤토리에서 스위치를 꺼내, 바로 눌러 버렸다.

꾹.

그러자.

화르르르······!

성지한의 전신이 불타오르더니, 곧.

몸이 끝도 없이 팽창해 나갔다.

그와 함께, 전신의 감각이 확장하며 차오르는 충만감.

[과, 관리자로 부활하다니······!]

투성과 합체한 무신은 당혹한 음성을 내질렀지만.

쿵!

적색의 관리자가 된 성지한이 발로 한 번 투성을 짓밟자.

별이 움푹 파이고.

그가 손을 움직이자 성좌의 무구가 일제히 불타올랐다.

무한회귀를 통해 아무리 힘을 축적한 무신이라 할지라도.

감히 대항할 꿈도 못 꾸게 만드는, 강렬한 적색의 관리자의 권능.

쾅! 쾅!

결국 투성은 박살이 나 버리고, 무신은 흔적도 없이 사라졌다.

[자, 보라.]

그리고 관리자가 된 성지한이 한 차례 뜀박질하자.

스윽!

그의 몸은 순식간에 지구에 도착했다.

버튼을 눌러서 그런지, 완벽하게 전소된 지구.

인류만 타오른 게 아니었는지, 서울 시내도 완전히 잿더미로 변해 있었다.

하나.

[파괴된 세상은, 되돌리면 된다.]

관리자가 된 성지한이 손가락을 움직이자.

스스스스…….

서울의 풍경이 시간을 거꾸로 움직이듯, 완벽하게 재생되었다.

[사라진 사람은, 살리면 된다.]

딱.

손가락을 튕기자, 재생된 서울 시내에서 하나둘씩 살아나는 사람들.

"······삼촌?"

"지한이······ 지?"

그중에는 성지한의 가족도 살아나, 바닥에서 그를 올려다보고 있었다.

[총애하는 이에겐 권능을 내릴 수도 있지.]

번쩍!

관리자의 권능이 발현되자, 윤세아와 성지아의 몸에 붉은빛이 번뜩이더니.

두두두둑······!

두 여자의 몸이 변형되면서, 적의 일족의 몸뚱어리로 변했다.

[와 삼촌! 나 거인 됐어!]

[이거······ 대단한데······.]

붉은 눈을 가득 담은, 거인의 몸.

성지한만큼은 아니지만, 남산 크기는 되는 두 거인은.

자신의 커다래진 몸을 보면서 흥분하고 있었다.

하지만.

'······저게 총애냐.'

정작 성지한은 그 모습을 보자 차게 식었다.

누나랑 조카를 상상 속이라지만, 적의 일족으로 만들어 버리다니.

저 눈동자 가득한 거인, 나중에 꿈에 나올 지경이네.

한편.

지이잉…….

붉은 눈동자는 세상의 풍경을 되돌린 후.

[어떤가? 관리자의 힘은.]

성지한의 이마에서 다시 떼어져 나와, 그에게 물었다.

"세긴 하네. 내가 스탯 적을 너무 헛 다룬 거 같다."

잠깐이지만, 적색의 관리자가 된 경험은, 성지한에게 상당히 인상적이었다.

특히 그 몸이 적의 능력을 다루는 건, 현재 성지한이 하는 것과는 차원이 달라서.

이걸 좀만 따라 해도, 현재 스탯 적의 숙련도를 확 올릴 수 있을 것 같았다.

그런 성지한의 대답에.

[그럼.]

지이이잉…….

눈동자에서 붉은빛이 쏘아지며.

성지한의 오른팔에, 무언가가 형성되었다.

"이건…… 세계수 점화 장치?"

[그렇다. 지구로 가서 눌러라. 그러면 아까의 일이 환상이 아니게 될 것이다.]

스으윽.

성지한은 스위치를 유심히 바라보았다.

보랏빛 철판에, 붉은 버튼이었던 저번 세계수 점화 장치.

이번에 형성된 건, 철판 색만 붉은색으로 달랐다.

공허가 없다 이건가?

근데.

"이거 디자인이 저번 거랑 너무 비슷한데. 아니, 완전 똑같잖아."

아레나의 주인이 준 버튼이랑.

적색의 관리자가 만들어 낸 버튼은 똑같아도 너무 똑같았다.

철판에만 공허가 있냐 없냐가 다를 뿐.

"너랑 아레나의 주인, 설마 협력하는 사이냐?"

[아니, 스위치는 네 것을 참조했을 뿐이다.]

"그래?"

[공허에게 협력을 받았으면, 이렇게 일을 번거롭게 할 필요도 없었다.]

태연하기 짝이 없는 관리자의 대답.

하나 성지한은 왠지 꺼림칙한 느낌을 받았다.

스위치를 굳이 똑같이 만들 필요가 있나.

거기에, 공허가 협력하지 않았다곤 했지만…….

'점화 장치 준 게 아레나의 주인이긴 하잖아.'

뭔가 한번 찔러 볼 건덕지는 생겼군.

성지한이 그리 생각하고 있을 때.

[그래서, 대답은?]

적색의 관리자는 답을 요구했다.

"아, 대답?"

그러자.

파스스!

성지한은 주먹을 꽉 쥐어, 세계수 점화 장치를 단숨에 부쉈다.

"조카 시집은 보내야지. 저래서 누가 데려가냐?"

눈알 거인이 된 윤세아.

최근 본 끔찍한 광경 중에 단연 1등이다.

거기에.

'그냥 복제품이더만.'

저렇게 살린 인간들은, 예전과는 확실히 별개의 존재였다.

권능을 발현할 때, 시간을 뒤로 돌리는 것처럼 보였지만.

스위치를 눌러 사라진 사람들은 그렇게 해서 살아나질 않았다.

그냥 비슷한 존재들을, 다시 찍어 냈을 뿐이지.

성지한의 확답에.

[힘을 느꼈음에도…… 이번 심장은 어리석구나.]

눈동자는 예상했다는 듯, 덤덤히 말했다.

"뭐, 덕분에 적의 능력은 잘 다루겠어. 체감 상당하더라."

[힘을 쓸 일은 없을 것이다.]

"뭐?"

[나의 손이 널 억죌 것이니.]

"손이?"

[그는 그릇된 심장을 터뜨리고, 새로운 심장에 안착할 것이다.]

성지한은 그 말에 미간을 찌푸렸다.

적색의 손.

저번에 무신이 잘라 가도 몸에서 재생하던데.

아주 독버섯이 몸 안에 생긴 꼴이구만.

오른손이 제멋대로 움직이면 이건 좀 성가신데.

근데.

"새로운 심장은 뭐냐?"

[너와 가장 가까이 있는 이에게, 재능이 있다.]

"나랑 가까이……."

가까이 있는 이라 해 봤자 몇 안 되는데.

'그러고 보니, 손이 세아를 자꾸 지켜보지 않았나.'

설마, 윤세아가 새로운 심장이 되는 건가?

성지한의 표정이 딱딱히 굳어 갈 때쯤.

스으윽.

싯다르타가 보리수나무 아래에서, 몸을 일으켰다.

"결합은 내가 풀어 주겠네."

"당신이……."

"그러기 위해 남긴 힘이니까."

그러며 그가 웃음을 지었다.

* * *

뚜벅. 뚜벅.

"나는, 오랜 시간 고민했네."

싯다르타가 성지한에게 다가오며 말했다.

"인류가 적에 해방되기 위해서, 무엇을 해야 할지."

"무신이 무한회귀를 하는 동안 생각한 건가."

"맞네."

무신의 회귀.

아소카 시절의 그는 이를 수행하던 주체였으니.

회귀를 하면서, 힘도 같이 축적하고.

동시에 인류의 적을 없앨 방법까지 생각해 낸 건가.

'진짜 초인이네.'

성지한이 새삼 감탄하고 있을 때.

스윽.

싯다르타는 허공에 떠 있는 붉은 눈에 손을 가져다 대었다.

"그리고, 새삼 다시 사과하겠네. 자네를 이것으로 시험했으니."

"뭐…… 이것도 시험이었나?"

"그래. 나는 이미 죽은 몸. 이 적색의 관리자는, 자네의 안에서 끄집어낸 것이네."

싯다르타에게서 튀어나온 적색의 눈동자가 성지한 사
정은 어떻게 아나 했더니.

사실은 저게 자신의 몸에 들어 있던 건가.

그가 눈동자를 만지자.

[6번째 깨달은 자여. 너는 네 말을 지켰구나. 네가 행
한 건, 외면이 아니라 거역이 맞았다…….]

눈동자가 빛깔을 잃고 사라졌다.

그러면서 성지한의 육신으로 다시금 흡수되는, 적의 기
운.

그는 이제 대강 사정을 파악할 수 있었다.

'적색의 관리자가 보여 준 환상. 그것에 넘어가는지를
보려 한 거군.'

사실 적색의 관리자가 되었을 때의 그 고양감은, 상당
하긴 했으니까.

특히 성지한을 고생시켰던 투성을 손짓 발짓으로 부숴
버렸을 때는.

아, 이러니까 상시 관리자를 하고 싶었다.

물론 그 이후 지구에 돌아와서 윤세아와 성지아를 적의
일족으로 만들 때, 신난 기분이 급속히 사그라들긴 했지
만.

'그 꼴 안 봤으면 살짝 고민했을지도 모르겠네.'

성지한은 눈알 괴물이 되었던 윤세아를 다시 한번 떠올
리며 미간을 찌푸렸다.

"대체 시험을 몇 번이나 하는 건가."

"미안하네. 그만큼 내게는 중요한 일이라."

"만약에 이번 시험을 통과하지 못했으면 어쩌려고 그랬지? 네 본신은 무신과 자폭했으니. 무한회귀도 끝이 났을 텐데. 몸뚱어리도 없고."

스으윽.

성지한의 말에, 싯다르타는 가만히 그를 바라보았다.

"몸뚱어리야, 있지 않은가."

"……설마 나?"

"그래. 자네가 적의 유혹에 빠지면, 내가 대신 몸을 쓰고 돌려주려 했네."

그러면서 싯다르타는 웃음 지었다.

"하지만 자네의 의지가 굳건한 걸 보니, 그러지 않아도 되겠어."

관리자의 유혹에 빠졌을 때를 대비해서, 몸을 강탈할 준비까지 한 건가.

성화로 자신을 태우라고 했을 때, 몇 수까지 대비해 둔 거지?

성지한은 질린 기색이 되었다.

'이러니까 무신 놈이 이 사람한테 그렇게 휘둘렸지.'

뱀 머리로 변해서 그를 어떻게든 제거하려고 했던 이유가 있네.

"자, 모든 시험을 통과했으니, 네가 고민한 결과나 들어 보지."

"간단하네. 적에 대항할 능력을 만들었네."

"능력이면…… 스탯인가?"

성지한의 의문에 싯다르타는 고개를 끄덕였다.

"보다시피 깨달은 자는, 적에서 벗어날 수 있네. 하나 깨달음이란…… 인류 모두에게 주어지지 않지. 인간은, 삶을 지탱하기에도 버거운 존재. 자신을 궁구하는 이는 드무니까."

"뭐, 그렇겠지."

개나 소나 깨달았으면, 진작 적이 알려졌겠지.

"나는 그래서 깨달음의 일부를 떼어 정리했네. 오로지, 적을 잊기 위한 수단으로."

"……그게 가능한 거냐?"

"남는 게 시간이었으니까."

무한회귀가 이런 면에서는 순기능을 발휘했군.

성지한은 고개를 끄덕거리다, 예전에 녹색의 관리자가 한 이야기가 생각나 물어보았다.

"예전에 녹색의 관리자는 나보고 관리자가 되면, 인류에게 내재된 적을 지울 수 있을 거라 하던데. 그렇게 삭제하는 건 안 되나?"

"그 방법이 통용되면 그렇게 해도 좋네. 하지만 녹색의 관리자는 믿을 만한 존재가 아니지 않은가?"

"하긴."

이그드라실의 말을 완전히 믿을 수야 없지.

적을 없앨 방법이야, 이것저것 다 가지고 있으면 나쁠
게 없다.

성지한이 수긍하자.

"그럼, 능력을 넘기지."

스으으으……

싯다르타의 몸에서 황금빛이 새어 나왔다.

그리고, 곧.

성지한의 눈앞에서 메시지가 떠올랐다.

[FFF등급 능력, '청淸'을 얻습니다.]

[스탯 청을 1 올릴 시, 적의 인자가 사라집니다.]

[인류에게서 적의 인자가 사라질 시, 종족 인류의 진화
한계가 '중상급 종족'을 기준으로 재설정됩니다.]

청이라.

적색과 대비하라고 만든 건가.

싯다르타의 깨달음 중, 적을 없애는 데 국한되어 전수
받은 이 능력은.

스탯을 겨우 1 찍는 것만으로도, 적의 인자를 없앨 수
있었다.

하지만.

"FFF등급이네."

"시스템에서 보기엔, 이보다도 쓸모없는 능력이 있을
까. 상시 관리자로 승화할 적의 인자를 봉쇄하고, 인류의
가능성을 중상급으로 제한하지 않는가."

"하긴. 인간의 관점이 아니라, 배틀넷 시스템 측면에서
보기엔 그럴 수 있겠군."

절대자가 될 가능성을, 스스로 봉인하는 능력이 청이다
보니.

시스템 측면에서는 평가가 박한 것도 무리가 아니었다.

성지한은 청이 제대로 안착되었는지, 상태창을 열었다가.

"어…… 뭐야."

눈을 크게 떴다.

상태창에 뜬 능력치는, 그의 예상과는 완전히 딴판이었
다.

* * *

성지한은 눈을 깜빡이고는, 다시 한번 상태창의 능력치
쪽을 살폈다.

레벨 : 650
무혼 : 700
공허 : 695
적 : 50(봉인)

영원(불완전) : 30

청 : 0

'무혼과 공허는 대폭 발전했는데…….'

635에서 잘 오르지 않던 레벨은, 투성에서 성좌의 무구를 집어삼켜서 그런 건지 어느새 650이 되어 있었으며.

무혼과 공허도 예전보다 크게 발전한 상태였다.

거기에 영원은, 무신에게 하도 죽어서 그런지 10이나 감소한 상태.

여기까지는, 저번의 전투를 떠올리면 이해할 만한 범주에 속했다.

하지만.

'적…… 벌써 봉인된 거냐?'

500에 가까웠던 스탯 적은, 투성에서 한 차례 더 능력치를 수급했으니.

원래대로라면 무혼, 공허 라인과 비슷하게 700을 바라보고 있어야 했다.

하나 상태창에 뜬 능력치는 50에, 뒤엔 봉인이라고 써있기까지 했으니.

이건 못 써먹는 건가.

"청 스탯 0인데도, 적은 바로 봉인된 건가?"

"그건 청 때문이 아니네. 네 팔이 움직이고 있는 것이지."

"아, 그거 때문이군."

관리자의 손이, 자신을 옥죄고 새로운 심장으로 갈아타기 위해 움직일 거라 했었지.

그게 벌써 스탯상으로 나타난 건가.

"청을 올려 보게."

성지한은 고개를 끄덕이고는, 스탯을 한 개 올려 보았다.

FFF등급이라 그런지, 잔여 포인트가 1개만 소모되는 청.

그러자 상태창에서 적이 100으로 변하고, 봉인 글자가 사라졌다.

"봉인이 풀리긴 했는데, 적이 700으로 돌아오진 않네."

"그것은."

싯다르타가 말을 끝내기도 전에.

화르르륵……!

성지한의 오른손에서, 눈알이 튀어나왔다.

[성지한, 무슨 짓을 한 것임? 나의 억제에서 벗어나다니.]

"이젠 본체라고 안 하는군."

[넌 본체 자격 없음. 관리자의 뜻에 따라 폐기처분임. 새로운 육체로 갈아탈 거임.]

"새로운 육체는, 세아 말하는 거냐?"

[맞음. 그 정도면 새롭게 안착하기 좋아 보임.]

윤세아에게 갈아탈 생각을 대놓고 드러내는 관리자의 손.

성지한은 미간을 찌푸렸다.

이놈은 여기서 꼭 처리하고 가야겠군.

"관리자의 손이 자네와 적대하니, 그를 통해 얻었던 능력도 다 저리로 간 것이네."

"700 중 600이 다 저놈 소유란 건가."

"그런 셈이지."

성지한은 그 말에, 관리자의 손을 이식했을 때를 떠올렸다.

그때 분명, 손 이식한 것만으로도 스탯이 300 올랐지.

'그거 생각하면, 600이 다 저기 있을 만하군…….'

적 능력 600어치를 지닌 손과 싸워야 하는 건가.

이거 쉽지 않겠네.

성지한이 자신의 몸에 기생한 관리자의 손을 노려보고 있을 때.

"이건 내가 처리하지."

싯다르타가 관리자의 불에 손을 가져다 대었다.

그러자.

화르르륵……!

손의 불이, 그에게로 번지더니.

스으으으…….

성지한의 오른팔에서, 적의 힘이 싯다르타에게로 모조리 흡수되었다.

[이, 이건 뭐임. 네놈 몸엔 안 있을 거임. 아니 애초에 육신이 없잖음…… 뭐임, 이건?]

싯다르타를 불태우면서도.

여기서 어떻게든 빠져나가려고 필사적인 관리자의 손이었지만.

스ㅇㅇㅇㅇ…….

싯다르타의 육신이 서서히 사라지고.

그 안에서 금륜이 모습을 드러내자, 불길은 그 안으로 흡수되었다.

[이건…… 나를 처음부터 없애려고…….]

차츰차츰 목소리가 약해지는, 관리자의 손.

금륜은 불이 다 사라질 때까지, 계속 수레바퀴를 굴렸다.

그리고 얼마 안 가, 적의 기운이 모두 멎자.

'……돌아왔군.'

성지한은 처음, 금륜에 성화를 지폈던 공간으로 돌아와 있었다.

아까와 너무 상황이 똑같아서, 자신이 헛것을 보았나 의심스러운 지경.

하지만.

'상태창을 보니 헛것은 아니네.'

100에 달하는 적과, 1밖에 없는 스탯 청.

이 두 능력치는 아까 일이 허상이 아님을 증명하고 있었다.

'적이 100으로 대폭 깎이긴 했다만…… 아까 관리자가
되었던 경험 때문인지. 출력은 비슷하게 내겠어.'

능력은 1/7 토막 나도.

관리자의 몸으로 적을 다뤄봤던 경험이, 이 손해를 메
울 만했다.

성지한이 그렇게 자신을 점검할 때.

스으으…….

금륜이 움직이더니, 성지한의 몸에 빨려 들어갔다.

[멸신결 '회광반조回光返照'가 '금륜적보金輪赤寶'로 바뀝니
다.]

[금륜적보를 굴려, 사용자는 육신의 상태를 하루 전으
로 되돌릴 수 있습니다. 이에는 위치 정보도 포함됩니
다.]

[금륜적보는 총 3회 사용할 수 있습니다.]

'회광반조에서 금륜적보로 변했군.'

하루 전의 몸 상태로 뒤바꿔 준다는 옵션도 좋지만.

위치까지 되돌려 주는 건 상당히 쓸만하네.

'이러면 투성에 쳐들어갔다가 하루 지나기 전에 굴리면
지구로 돌아올 수 있겠어.'

그리고 이건 꼭 투성이 아니더라도, 다른 데서도 사용
이 가능했다.

가령.

'드래곤 로드의 레어를 쳐들어가도, 돌아올 길이 막막했는데. 이걸 쓴다면 되돌아올 수 있다.'

정말 현 상황에 딱 맞는 물건을 주고 가셨군.

성지한은 아소카의 포석에 감사할 때.

쿠르르르……!

땅이 크게 울렸다.

그러자 한층 약해지는 포탈의 빛.

'이제 가야겠네.'

얻을 건 다 얻었으니, 이제 지구로 귀환할 때다.

성지한이 포탈에 발을 들이밀 때.

금륜이 위치한 곳에서, 금빛의 아지랑이가 피어올랐다.

[성지한, 내가 할 수 있는 것은 다 했네. 다만…… 걸리는 점이 있어.]

"걸리는 거? 뭐지?"

[동방삭.]

"그가 왜?"

[그는 무신에게 자신의 진의를 들키지 않기 위해, 태극마검에 자신을 가두었네.]

태극마검에 자신을 가두다니.

"그게 정확히 무슨 뜻이지?"

[자네가 동방삭에게서 태극마검을 이끌어 내야. 그에

게서 도움을 얻을 수 있다는 뜻이네.]

아.

동방삭이 태극마검을 펼치기 전엔, 무신의 충신으로 있을 테니까.

그에게서 그 최후 절기를 이끌어 내야, 동방삭의 도움을 받을 수 있다는 건가.

'그 할아버지가 괴물이긴 하다만.'

성지한은 무혼 능력을 떠올렸다.

700에 도달한 스탯.

웬만한 이는 다 찍어 누를 힘이다.

"뭐, 그 정도는 할 수 있겠지. 나도 많이 발전했으니까."

[……꼭, 해내야만 하네.]

아지랑이 속에서, 아소카의 목소리가 미약해졌다.

[그러지 못하면, 자네와 인류는 모두 동방삭의 손에 죽을 거야.]

"동방삭이 강한 거야 예전부터 상수였을 텐데."

동방삭이 강한 건 누가 모르나.

하나 성지한도 그에게 태극마검도 이끌어 내지 못할 만큼 약하진 않았다.

'그의 무공을 죄다 무혼으로 복사하다 보면, 동방삭이 화나서 태극마검을 꺼내 들 거 같은데.'

하지만 이걸 아소카가 모를 리가 없지.

그가 저렇게 말을 하는 데에는 뭔가가 있을 것이다.

"지금 와서 특히 그를 걱정하는 이유라도 있나?"

[동방삭은 무에 있어서 규격 외의 존재. 무신은 그를 통제하기 위해, 지금껏 동방삭의 성장을 억제했네.]

"……그게 억제한 거야?"

[최대한 억제한 게 그 정도지.]

그럼에도 지금처럼 강하다니, 무신이 견제할 법하군.

[하지만 이번에, 태양왕이라는 변수가 생겼지.]

"태양왕 말인가."

[그래. 무한회귀 속에서 태양왕과 무신의 관계는 지금 껏 단 한 번도 드러나지 않았네. 자네가 아니었으면, 앞으로도 영영 밝혀지지 않았겠지.]

무신의 무한회귀.

이건 인류가 배틀넷에 들어섰을 때부터 시작해서, 강등되어 멸망할 때까지의 시간을 계속 되돌리는 것 같았다.

그리고 이 정도의 기간은.

무신이 드래곤 로드의 머리를 가지고 있고, 태양왕이 그의 아버지란 사실이 밝혀지기엔 너무나도 짧았다.

"태양왕은 무신과 마주치면 뭐라도 될 것처럼 굴던데. 뱀 얼굴에도 글자가 잔뜩 써 있던 게, 금제라도 있는 건 가."

[그렇겠지. 그걸 걱정한 무신은 지금껏 태양왕을 피해 왔지만, 이제는 피할 수도 없게 되었네. 투성의 위치가 발각되었으니.]

"그럼……."

[그에게 남은 수단은 단 하나. 동방삭을 통해 태양왕을 제거하는 것이겠지.]

"그러면 무신은 태양왕을 확실히 제거하기 위해, 동방삭의 성장 억제를 푼다는 건가."

[그러네.]

태양왕이라는 변수 등장이, 동방삭의 리미트를 해제하는 건가.

성지한은 입맛을 다셨다.

무신에게 투성으로 끌려왔을 땐, 태양핵을 꺼낼 수밖에 없었지만.

이 일이 돌고 돌아 동방삭을 강화시켜 주는 계기가 될 줄은 몰랐네.

"하지만 막상 성장할 시간이 얼마나 있다고 그렇게 걱정하나."

[그의 하루는 일반 무인의 100년보다 값지네.]

"……거참, 불공평한 세상이군."

얼마나 재능이 있으면 저런 말이 나오냐.

그래도 틀린 이야기는 아니었기에, 성지한은 아소카의 경고를 명심하기로 했다.

"알았다. 그럼 일을 최대한 빨리 진행해야겠군."

[그래…… 그것만 주의하면 될 거야.]

"뭐, 더 가이드해 줄 건 없고?"

[일을 여기까지 이끌고 온 건 자네네. 내가 안내하지 않아도, 훌륭히 일을 처리하겠지.]

나머지는 스스로의 판단하에 일을 처리하라는 건가.

'뭐, 지금까지 떠먹여 준 거만 해도 어디야.'

무신의 힘 40퍼센트도 박살 내 주고.

스탯 청도 만들어서 주고.

문제 생길 관리자의 손까지 자기가 수거해 줬으니.

여기서 뭘 더 바라면 도둑놈이지.

성지한은 선선히 고개를 끄덕였다.

"그래. 나머진 내가 알아서 하지. 지금까지 신세 많이 졌어."

[믿음직하군. 그럼…… 먼저 쉬러 가겠네. 자네는, 천천히 오게.]

스으으으…….

그 말을 마지막으로, 금빛 아지랑이의 색이 옅어졌다.

성지한은 이를 가만히 바라보다가.

쿠르르르……!

땅이 또 한 번 울리자, 시선을 뒤로 돌렸다.

'여기 더 있을 수는 없겠군.'

지구로 향하는 포탈은, 이제 사라지려 하고 있었다.

이제는 진짜 가야 할 때.

'그래도.'

성지한은 발걸음을 옮기기 전.

꾸벅.

사라지는 빛을 향해 90도로 인사했다.

"정말 감사합니다, 아소카. 당신께 정말 많은 빚을 졌습니다."

[죽기 전이 되니 자네에게 존댓말도 듣는군.]

"진작 할 걸 그랬네요."

[자네에겐 내가 미안하지. 짐을 너무 많이 맡겼으니.]

"뭐…… 원래 할 일입니다. 이건."

[마지막으로 한마디만 하겠네.]

성지한이 고개를 끄덕이자, 아지랑이가 마지막으로 반짝였다.

[끝까지 살아남아야 하네. 금륜적보는 자네의 생존을 위해 쓰게. 꼭.]

"예, 그럴 겁니다."

[……그래, 가게. 이제 정말로 시간이 없네.]

"알겠습니다."

성지한은 다시 한번 인사를 한 후, 등을 돌려 포탈에 들어섰다.

번쩍!

그러자 빛이 한 번 반짝이더니, 곧 포탈의 모습이 사라졌다.

[이제는, 정말로 쉬어도 되겠군…….]

그리고 황금의 빛은 포탈이 완전히 닫히자.

그제야 서서히 흩어졌다.

* * *

초토화된 투성.

무신은 평소의 모습으로 돌아와, 자신의 별을 내려다보고 있었다.

'무한한 회귀로 애써 쌓아 올린 것이. 반이나 날아갔다.'

성지한을 투성으로 잡아 올 때만 해도, 이제 상시 관리자가 되겠다 싶었는데.

일이 어쩌다 이렇게 되어 버렸는가.

'성지한의 반항이 강력했던 건 예상외였지만. 그래도 이건 대처가 가능했다.'

초신성까지 사용했던 성지한은, 분명 예상보다도 훨씬 강했다.

성좌의 무구 500개로도 대응이 다 되지 않아서, 결국 투성과 융합해서 상대해야 할 정도로.

그는 성가신 적이었다.

하지만.

'투성과 융합한 이후로는, 모든 게 순탄히 흘러가는 것 같았는데.'

관리자의 손이 한 차례 반항하여, 성지한의 손에 스위

치를 넘겨주었지만.

그는 멍청하게도 버튼을 누르지 않았다.

그때, 승부는 이미 끝이 났다고 생각했는데.

'……아소카.'

무신의 두 눈이 번뜩였다.

무신의 종으로 받아들이고도, 항상 꺼림칙했던 상대.

하나 무한회귀를 운용하는 데 필수적인 존재였던지라, 어쩔 수 없이 데리고 있었던 그는.

결정적인 순간 자신을 배신했다.

'마지막에는, 내가 너무나도 어리석었다.'

아소카가 또 무슨 짓을 저지를지 몰라 너무 흥분해서.

힘을 다 쏟아 버렸다가 자폭까지 당하고.

방금 전은 조급함이 낳은 치욕적인 결과였다.

거기에.

'전 우주에서 나를 관측했고, 황금의 탑은 부서졌다. 무한회귀는 이제 불가능하다.'

힘을 리스크 없이 쌓아 올려 주던 무한회귀마저도, 이제 끝이 났다.

손에 닿을 것 같았던 상시 관리자의 자리는, 저 멀리 날아가 버린 상황.

무신은 단 하루에 있었던 상황 변화에, 극도의 허탈감을 느꼈다.

'……앞으로, 어떻게 하는 것이 좋을까.'

어떻게든 마음을 정리한 무신이, 차후의 방침에 대해서 고민하고 있을 때.

스으으으…….

동방삭이 그의 앞에 모습을 드러내더니, 무릎을 꿇었다.

"무신이시여, 태양왕을 격퇴했습니다."

[태양왕…….]

무신은 그 이름을 듣고는 눈을 번뜩였다.

성지한 놈.

그가 태양핵을 꺼내지만 않았어도, 일이 이렇게 되지는 않았을 텐데.

무신은 은은히 살기를 내보이다가, 동방삭에게 물었다.

[그는 강했는가.]

"강하지는 않았습니다. 다만, 제가 상대한 존재는 그의 전부가 아닌 것 같았습니다."

[흠.]

무신은 고개를 끄덕였다.

태양핵이 부서지고, 태양왕이 도착한 시간이 빨라도 너무 빨랐다.

그 짧은 시간 동안, 본체의 전력을 모두 가져오진 못했 겠지.

이번 침공은 다행히 동방삭이 격퇴했다지만.

'다음에 그가 전력을 이끌고 오면, 이렇게 쉽게 물리치긴 힘들 것이다.'

상대가 그냥 일반 대성좌였으면, 무신도 동방삭과 합세해서 순식간에 물리쳤겠지만.

태양왕의 경우에는 이야기가 달랐다.

17777번째 아들이라는 문자가 가득 그려진 무신은, 그와 싸울 수가 없었으니까.

그를 상대할 수 있는 이는 투성에서 동방삭이 유일했다.

다만 하나 걸리는 게 있었다.

'이놈을, 살려야 하는가.'

동방삭은 한때 아소카의 동료였던 이.

지금이야 충성을 하는 것처럼 보이지만.

언제 무슨 계기가 생기면, 칼을 얼마든지 거꾸로 들 인물이었다.

이번에 아소카가 행한 배신은 무신에게 너무나도 뼈아팠는데.

이런 타격이 한 번 더 가해진다면, 사실상 재기가 불가능했다.

그러니 이런 위험한 요인은 당장 자살하라고 명령해서 치워 버리는 게 맞았지만…….

'태양왕이 문제다.'

성지한 덕에 투성의 위치를 파악한 태양왕.

그가 문제였다.

태양왕을 상대할 수 있는 건 동방삭밖에 없었으니.

여기서 그에게 자결을 명령했다간, 나중에 태양왕에게 저항조차 하지 못하고 몸을 빼앗길지도 몰랐다.

'물론 그와 나의 힘의 차이는 월등하니, 몸을 쉽게는 안 뺏기겠지만.'

무신은 조금 전 일을 떠올렸다.

뱀의 형상으로 현신하여, 아소카를 집어삼키려던 때를.

투성의 모든 힘을 집중한 그 상황에도.

몸에는, 태양왕의 17777번째 아들이라는 문자가 끝도 없이 써 있었다.

태양왕의 낙인이 사라지지 않는 이상에는, 방심을 할 수가 없었다.

'어쩔 수 없군.'

무신은 동방삭을 서늘한 눈으로 내려다보았다.

태양왕을 제거할 때까지만, 칼로 써야겠다.

[태양왕의 본체가 투성으로 올 것이다. 그를, 전력을 다해 제거하라.]

"알겠습니다, 주인이시여. 한데."

예의 바르게 고개를 숙이고 있던 동방삭이 고개를 들었다.

"태양왕의 본체는, 현재의 제 힘으로는 쉽지 않을 거라 생각합니다. 수련을 좀 더 해도 되겠습니까?"

[수련을?]

"네, 그중에서도 특히 태극마검을 단련하고 싶습니다."

무신은 눈빛을 가라앉힌 채 동방삭을 바라보았다.

태양왕의 본체라 할지라도 대성좌일 텐데.

그 정도면, 솔직히 현재의 동방삭도 충분히 대처할 수 있어 보였다.

하지만.

"태양왕과의 전투에서는 승리를 자신하지만, 현재의 힘으로는 태양왕의 본체를 일거에 제거할 수 없습니다."

[……]

"그러다가, 투성에 그의 빛이 닿으면. 안 좋은 결과가 초래될까 걱정되어……."

태양왕과의 승부에선 이길 수 있지만.

압도적으로 밟아 버리긴 힘들다 이건가.

무신은 잠시 고민했지만.

'태양왕의 변수는 확실히 차단하는 게 낫다.'

언제든 자살을 시킬 수 있는 동방삭보다는.

역시 자신의 몸을 빼앗을 수 있는 태양왕이 더 문제였다.

[……허락하지. 다만, 태극마검은 투성의 밖에서 수련해야 한다.]

불가해한 파괴력을 지니고 있는 태극마검.

그걸 투성에서 수련하게 했다가, 동방삭이 배신을 하면 대처하기가 힘들었다.

수련을 할 거면, 별 밖에서 해야지.

"예, 알겠습니다!"

무신의 명에 동방삭이 기뻐하고 있을 때.

띠링.

무신의 앞에, 메시지창이 떠올랐다.

[근신 처분을 어겼습니다.]

[추가 페널티가 부여됩니다.]

[투성이 3달간 봉인되며, 투성의 구성원은 1년간 근신 처분을 받습니다.]

시스템의 근신 처분을 제대로 어겼는데도.

막상 받는 처벌은 3달의 봉인과, 1년 근신 처분인가.

'봉인은 이쪽에서 바라는 바다.'

태양왕의 본체가 들이닥치기 전에.

동방삭이 준비를 끝낼 필요가 있었다.

다만.

[봉인 기간 동안, 태극마검의 수련은 미뤄라.]

"알겠습니다."

봉인 때에는 투성에 있어야 하니까.

무신은 태극마검의 수련을 미루라고 지시하곤 생각했다.

'투성의 구성원…… 둘만 남았는가.'

5명이었던 무신의 종이, 이번 난리를 거치며 확 줄어 버렸군.

무신은 그렇게 생각하고 있었지만.

지이이잉…….

그 이후 떠오른 근신 처분 명단에.

자신과 동방삭뿐만이 아니라, 길가메시와 피티아의 이름이 있는 걸 발견했다.

이건.

'……이 둘. 아직 살아 있다는 뜻이군.'

길가메시는 몰라도, 피티아까지 살아 있을 줄이야.

'그녀는 분명 완전히 소멸한 줄 알았는데.'

그의 두 눈이 흉흉하게 번뜩였다.

아직, 지구에서 써먹을 패가 남아 있었다.

* * *

강남 선릉.

"서, 성지한 님!"

"돌아오셨군요!!"

포탈을 통해 원래 납치되었던 위치로 넘어온 성지한은.

이곳에 파견된 배틀넷 협회 직원들의 환영을 받고 있었다.

"예, 뭐. 어떻게든 살았네요."

"방송 보고 조마조마했습니다……!"

"무신, 진짜 뭐 그런 괴물이 다 있는지……."

"바벨탑이 사라지지만 않았어도, 사무실에서 보는 건데!"

성지한은 직원들의 이야기를 듣다가, 바벨탑이 사라졌단 이야기에 주변을 바라보았다.

확실히, 떠나기 전에는 반투명한 상태로 있었던 바벨탑이.

현재는 흔적도 없이 사라진 상태였다.

"바벨탑은 어디 갔죠?"

"성지한 님이 사라진 후, 서서히 형체가 옅어지더니 사라졌습니다."

성지한은 끌려가기 전의 일을 떠올렸다.

'피티아는 빙검으로 자신을 찔렀지. 그때 분명, 내 손까지 통째로 얼어서 싹 다 불태웠었는데…….'

성지한의 팔을 얼리기 위해, 피티아가 행했던 자해.

그 당시에는 저 여자가 왜 저러나 의아했지만.

나중에 관리자의 손이 깨어나고, 그가 투성으로 자신을 밀어 넣고 나서야.

피티아가 신안으로 이 모든 미래를 예견했다는 걸 깨달았다.

그리고 그때 분명.

'내 손만 풀린 게 아니라. 피티아도 불에 같이 타올랐었다.'

분명 얼었던 피티아는, 얼린 손을 녹일 때 같이 타올라 흔적도 없이 사라졌지.

그럼 일단 그녀는 죽었다고 봐도 될 테고.

'그러면 바벨탑과 합체한 길가메시가 자력으로 탈출한 건가.'

피티아의 말에 따라 움직이던 길가메시.

자신을 조종하는 사람이 없으니, 바벨탑을 거두고 튄 것 같았다.

"길가메시가 아무래도 도망친 거 같은데…… 그의 흔적, 발견했단 보고 혹시 있을까요?"

"아뇨. 아직까지 이와 관련해서 들어온 소식은 없습니다……."

그 꼴이 되었다고 해도, 역시 고위 성좌란 건가.

성지한은 미간을 찌푸렸다.

돌아오자마자 이놈을 찾으러 다녀야 하나.

"바벨탑이 사라진 지는 얼마나 된 거죠?"

"오늘로 3일째입니다."

"3일? 제가 저기 3일이나 있었던 겁니까."

"네……."

"흠, 제가 한번 둘러보죠."

스으으으…….

성지한은 감각을 확장해 보았다.

이번에 투성에서 능력이 대폭 상승한 덕에, 예전보다 훨씬 넓은 범위를 커버하게 된 무혼의 영역이었지만.

그가 서울 시내를 돌아다니며 살펴도, 길가메시급의 존재감은 탐지에서 걸리질 않았다.

'3일이나 지났다고 했으니, 역시 늦었군.'

길가메시가 아무리 쇠약해졌다고 해도, 레벨 8의 성좌.

3일의 여유를 주면 지구 반대편까지는 도주할 수 있을 거다.

'그래도 이놈, 찾긴 해야 하는데.'

아소카가 분명.

[바벨탑은 내가 확실히 부수었지만, 무신이 재건할 가능성은 언제든지 남아 있지.]

[바벨탑은 무한회귀의 과정에 힘을 저장하는 수단이며, 무신이 투성을 확실히 지배하는 통로가 되니. 자네는 바벨탑이 재건되지 않도록 힘을 써 주게.]

[바벨탑의 원주인을 확보하게.]

바벨탑과 관련해서는, 길가메시를 이쪽에서 먼저 잡아야 한다고 말했었지.

성지한은 좋은 탐색 방법이 없을까 떠올리다가 문득.

'아…… 누나한테 부탁해 봐야겠네.'

성지아가 지닌 신안을 떠올렸다.

어비스의 주인이 사라지면서, 그녀의 권능도 약해졌지만.

그래도 지구 권역 안에서 사람 찾는 일 정도는 가능성이 있어 보였다.

'일단 귀가해야겠네.'

성지한은 그렇게 길가메시 탐색을 일단 멈추곤, 집으로 돌아갔다.

* * *

서해 바다가 보이는, 인천의 바닷가.

거기엔 선글라스를 쓴 노인이 몸을 웅크린 채, 바다를 바라보고 있었다.

가을이라 쌀쌀하긴 해도, 춥지는 않은 날씨였지만.

그는 두꺼운 패딩에 모자를 움푹 눌러쓴 채, 누가 봐도 수상한 차림새로 서 있었다.

그리고.

"이제는 말할 수 있을 텐데? 피티아."

노인이 말하자.

쑤욱.

그의 패딩 주머니 안에서, 무언가가 불쑥 튀어나왔다.

반짝반짝 빛나는 빛의 눈.

피티아가 지녔던 신안이었다.

[길가메시…… 왜 날 살렸지?]

성지한이 얼린 팔을 녹이며, 동시에 피티아를 불태웠을 때.

그녀의 육신은 적의 힘을 이기지 못하고 사라졌지만, 신안은 마지막까지 미약하게 남아 있었다.

하나, 그것도 오래 버티진 못할 상황이었지만.

스스스…….

바벨탑과 결합되었던 길가메시는, 성지한이 끌려가는 틈을 타서.

피티아의 신안을 빼돌릴 수 있었다.

[그대로 놔뒀으면 죽었을 텐데, 생명력까지 나눠 주다니…… 대체 뭐가 목적이냐?]

"네가 내 첫 번째 전처라서 살려 주었노라."

길가메시의 말에, 신안에서 빛이 강렬히 반짝였다.

[개소리. 네가 그럴 인간이 아닌 건 잘 안다. 애초에 살려줄 거면, 이렇게 눈만 남기질 않았겠지.]

"흥, 농도 못하겠군."

스으윽.

길가메시는 입가에 웃음을 짓곤, 손가락으로 바다를 가리켰다.

"피티아. 네 신안으로, 세계수를 탐색해라."

[세계수를…….]

"그래. 그럼 생명력을 더 공급해서, 육체를 재생시켜 주마."

역시 목적은 따로 있었군.

피티아의 신안이 반짝였다.

[왜, 늙은 몸뚱어리를 다시 젊게 바꾸고 싶어서 그런 거야?]

"당연하다! 이렇게 어떻게 살아가겠나."

[하. 세계수를 찾아 흡수한다고 네 젊음이 돌아올 것 같아? 무신께서 영생을 부여해야 돌아오지. 그러니 허튼 짓하지 말고 내 몸이나 복구시켜. 무신께 연락해야 하니까.]

길가메시는 그 말을 듣고는 코웃음쳤다.

"흥. 뱀 자식, 그럴 정신없을 거다."

[뭐?]

"투성에 난리가 났거든."

[난리? 그게 무슨 말이지?]

"아소카가 그를 배반했다."

[뭐?! 배, 배반이라니…….]

"네 잘난 신안으로도, 그걸 볼 순 없었나 보군."

길가메시가 빛의 눈을 보면서 비웃음을 짓자.

신안이 반짝였다.

[……도저히 못 믿겠어. 애초에 네가 그걸 어떻게 아는 거지?]

"어떻게 알긴, 성지한 놈이 배틀튜브를 그렇게 틀어 대는데, 어떻게 안 보나. 도주하는 와중에도 잘 챙겨 봤지."

[그 영상 내게도 보여 줘.]

"내게 협조하겠다고 약속하면 보여 주지."

[……알았어. 협조할게.]

"좋아."

피티아가 그리 답하자.

지이이잉.

그녀의 눈앞에 화면이 떠올랐다.

영상 나온 지는 얼마 되지 않았지만.

벌써 올해 전 우주에서 나온 배틀튜브 영상 중, 조회수 1위를 차지한 화제의 영상.

그게 피티아의 신안 앞에서 재생되었다.

"싸우는 건 빨리 넘겨 봐라."

그러면서 재생 속도를 2배속으로 바꾼 길가메시.

영상 속에선 전투가 순식간에 진행되었다.

처음엔 성지한이 잘 버티나 싶었지만, 무신이 투성과 결합하고 그가 끝장나려던 순간.

화르르!

관리자의 손이 본격적으로 힘을 발휘해, 성지한이 세계수 점화 장치를 꺼내 드는 장면이 나왔다.

누를까 말까, 선택의 기로에 선 결정적 순간.

옆에 있던 길가메시가 한마디 했다.

"성지한, 멍청한 놈이더군."

[스포일러 하지 마.]

"너는 내가 그만 때리라고 할 때 말 들었냐? 저 멍청한 놈. 스위치 부순다."

[뭐?]

"적색의 관리자를 포기하다니. 쯧…… 내 아들로 인정해 줄까 했는데, 안 되겠어."

파스스!

화면 속 성지한이 스위치를 부수자.

길가메시는 쯧쯧 혀를 찼다.

"정점에 오를 자라면, 잔정 따위에 얽매여서는 안 되거늘. 겨우 가족 걱정 따위에 스위치를 부수다니. 어찌 저리 어리석나? 차라리 저게 내 손에 있어야 했는데."

[그래서, 넌 네 자식들 죽어 가는 걸 방관했구나.]

"그 이야기가 왜 나오느냐."

길가메시는 언짢은 얼굴로 신안을 노려보았다.

"계속 허튼소리 하다간, 생명력 끊어 버리겠다."

[하든가.]

"뭐, 뭐……."

[나 없어지면, 세계수 찾을 수 있어?]

"그, 그건……."

[찾을 수 있었다면 네놈이 굳이 아까운 생명력 써 가며

날 살리진 않았겠지. 나야 눈밖에 안 남았겠다, 그냥 죽
으면 그만이야.]

"크, 크흠……!"

피티아에게 목숨을 가지고 협박했다가 본전도 못 찾은
길가메시는 애꿎게 헛기침만 했다.

[그러니까 나 이거 볼 동안 조용히 해. 한마디만 더 나
불대면 콱 죽어 버리는 수가 있어.]

"이, 이게…… 목숨이 안 아깝느냐?"

[세상 사람들이 다 너 같은 줄 아니? 경고했다. 이제
입 열지 마라.]

"이익…….."

길가메시가 이를 갈자, 갑자기 신안에서 빛이 옅어졌
다.

생명력을, 피티아쪽에서 거부하기 시작한 것이다.

죽겠다는 시늉만 하는 줄 알았더니, 진짜 하려는 그녀
를 보고 길가메시가 두 손을 들었다.

"아, 알겠다. 말 안 하겠다! 조용히 있겠다!"

[진작 그럴 것이지. 재생 속도도 1배로 해. 나 빠른 거
안 좋아해.]

"그래…….."

[말 안 한다며?]

다시 빛이 미약해지려는 신안.

'아오, 이 미친 게 진짜.'

〈158〉 2레벨로 회귀한 무신 21

길가메시는 입이 근질거리는 걸 참으며, 애써 그녀의 지시대로 배틀튜브 재생 설정을 바꿨다.

그렇게 투성에서 생긴 난리를, 피티아는 신안 형태로 시청을 끝내고는.

[…….]

빛만 깜빡이면서, 오랜 시간 침묵을 지켰다.

'이 자식은 다 보고 왜 말이 없어.'

다 봤으니까 협조하라고 닦달하고 싶었지만.

괜히 또 한마디 했다가 자살한다고 들까 봐, 길가메시가 전전긍긍하며 그녀를 바라보고 있을 때.

[플레이어 성지한이 배틀튜브 라이브 방송을 시작합니다.]

아까 띄워 놓았던 배틀튜브 창에서, 성지한이 방송을 틀었단 메시지가 떠오르고 있었다.

[저거, 빨리 눌러 봐.]

"알았다……."

[말하지 말랬지.]

"……."

넌 진짜 세계수만 찾으면 죽인다.

길가메시가 이를 바득바득 갈면서, 라이브를 누르자.

[안녕하세요, 여러분.]

화면에선 덤덤한 얼굴의 성지한이 시청자들에게 인사
를 하고 있었다.

　　　　　　　* 　* 　*

　-오 성지한 님 오셨다 ㄷㄷㄷ
　-배경 보니까 집이신가 봐??
　-아까 협회 직원들 SNS에 성지한 목격썰 올라올 때
긴가민가했는데 다행이네 ㅠㅠㅠ
　-어, 윤세아 뒤에서 살짝 보이다 사라졌네 ㅋㅋ
　-엄청 운 거 같네. 얼굴 퉁퉁 부었음.
　-아 근데 성지한 님 얼굴이…… 예전보다 더 갈라지신
거 같은데? ㅠㅠ
　-어 진짜네; 금 왜 이렇게 커짐.

　성지한의 라이브 방송이 시작되자 물밀 듯이 들어온 시
청자들은.
　그의 변화를 금방 포착해 낼 수 있었다.
　공허를 담은 왼쪽 얼굴의 균열.
　처음에는 턱선에만 미세하게 그여졌던 그 틈새가.
　투성에 갔다 온 이후엔, 뺨에 전반적으로 크게 확장이
되어 있었다.

-툭 치면 얼굴 부서질 거 같네, 왠지.

-하긴 거기서 그 고생을 했는데 멀쩡할 수가 없지;

-내가 죽는 거 천 번까지 세다 말았음…….

얼굴의 변화상에 시청자들이 안타까워하는 사이.

"아, 제 얼굴 이렇게 많이 갈라졌었군요."

성지한은 시청자들의 반응을 보곤, 그제야 자신의 얼굴을 살피고.

"뭐, 그래도 걱정하신 것처럼 쉽게 깨지진 않습니다."

손가락을 가져다 여길 툭툭 건드렸다.

그러자 사람들의 걱정과는 달리, 끄떡없는 왼쪽 얼굴.

겉으로 보기엔 금이 많이 가도, 아직은 단단했다.

"뭐 얼굴 이야기는 이걸로 그만하고. 제가 오늘 이렇게 방송을 키게 된 이유는 말이죠……."

성지한은 상태창을 띄워, 레벨부분만 시청자들에게 공개했다.

"제 레벨이 무려 650이 되었습니다."

-오 언제 또 올랐어 ㅋㅋㅋㅋ

-아니 투성에서 개고생했는데 더 레벨 올라야 하는 거 아님??

-근데 그렇다 치기엔 뭐 해치운 적이 별로 없긴 하잖아.

-그러네. 그럼 레벨 왜 올랐지?

-아래 스탯도 보여 주세요!
-ㄹㅇ 궁금하다 현재의 성지한 능력치 ㅋㅋㅋ

성지한의 레벨 공개에, 상태창도 공개해 달라는 시청자
들의 반응이 빗발쳤지만.

"아. 안 됩니다. 저 토너먼트 해야 해요."

-토너먼트…….
-아, 그거 설마…… 손 걸고 하는 거?

"네. 대성좌님들, 오래 기다리셨죠? 이제 여러분들도
참여할 수 있습니다!"

성지한은 레벨을 툭툭 두드리며, 씩 웃었지만.

-……저기요.
-무신이랑 그렇게 싸우는 걸 봤는데 누가 토너먼트를
지원해;
-이미 신청한 성좌들도 죄다 취소하던데.
-그러니까 누가 쟤랑 싸워…….

라이브 방송에 참여한 외계 시청자들의 반응은 영 떨떠
름했다.

4장

4장

"음…… 반응이 뭔가 시원치 않군요?"

성지한은 외계인들의 채팅을 보며 눈을 깜빡였다.

무신이랑 싸울 때 전력을 다하긴 했다만.

그거 때문에 토너먼트 참가 안 할 생각인가?

이래선 곤란한데.

"저 같은 인간이 어디서 무신에게 대항할 힘을 얻었겠습니까? 다 이……."

성지한은 오른손을 들려다, 잠시 멈칫했다.

그러고 보니, 아소카가 관리자의 손을 흡수해 주지 않았나.

'이러면 경품이 사라졌네?'

성지한은 힐끗 오른손을 바라보았다.

아소카가 마지막에 힘을 가져가긴 했지만.

약간 붉게 변한 피부색 하며, 눈동자가 있던 흔적은 남아 있었다.

이 정도면, 봉인되었을 때랑 겉으로 보기엔 비슷한 상태.

이러면 그냥 있는 척해도 되겠군.

성지한은 태연하게 손을 흔들었다.

"관리자의 손 때문이죠. 이게 정말 탐나지 않으십니까? 토너먼트 참가해서 졌다고 죽는 것도 아니고 참가비만 좀 지불하는 건데요."

없지만 있는 척하면서, 성지한이 열심히 토너먼트 참가하라고 홍보를 했지만.

-GP 날릴 게 뻔한데 왜 참가함…….

-레벨 9 성좌인데 저번 방송 보고 참가 신청 철회했습니다.

-레벨 9는 와 봤자 일검에 쓸릴 듯;

-그래도 대성좌들은 참가할 만하지 않나?

-성지한이 보여 준 힘 보면 토너먼트에서 꽝 붙기 좀 부담스럽던데…….

-근데 드래곤 로드 이제 보니 그냥 실력으로 발린 거드만 왜 조작이라고 입 텀?

-정신승리 해야지 ㅎㅎ

어째 분위기가 이번 토너먼트에선 참가자가 없을 것 같았다.

'토너먼트에서 싸우는 게 나한텐 좋은데.'

성지한은 미간을 찌푸렸다.

대성좌와 싸워서 이겨야, 업적을 완료하고 '임시 관리자'가 될 수 있는데.

이러다 상대가 안 나타나게 되면, 방법은 드래곤 로드에게 자신을 소환하라고 하는 수밖에 없었다.

그러면 드래곤 로드가 미리 함정을 파 둔 장소에 소환당해서 고생 좀 하겠지.

'금륜적보를 쓰면 내 육체가 하루 전의 위치로 돌아오긴 하겠지만…….'

육신의 상태와, 위치 정보까지 하루 전까지 되돌릴 수 있는 금륜적보.

이걸 쓰면 드래곤 로드한테 어디로 소환당하든, 귀환은 가능했지만.

1일이라는 제한 시간이 있기에, 그 안에 드래곤 로드를 제거해야 했다.

드래곤 로드 놈이 함정만 파고 자기는 도망가 있다면.

저 제한 시간 내에 상대를 죽이지 못할지도 모르지.

그러니, 웬만하면 토너먼트에서 대성좌와 싸우는 게 나았다.

"아, 여러분. 무신과 싸울 때는 제가 모든 걸 쏟아부어

서 그렇게 된 겁니다. 초신성도 사용해 버려서 지금 신성
버프도 사라졌다구요. 이리저리 소모한 게 많아서, 지금
이 제가 제일 약한 타이밍입니다."

그래서 성지한은 어떻게든 자신의 약함을 어필하려고
했지만.

−약해도 어차피 살아날 거 아님?
−그러니까 무신한테 그렇게 몸이 찢기고도 재생했잖아.
−1741번 재생했나?
−내 카운트 상으론 1837번이었음. 하여튼 엄청나게 살
아나더라.
−재생력이 최고 무기 아님, 이렇게 따지면?
−ㄴㄴ 그 흑검도 완전 세던데 무신도 튀다가 결국 한
방에 베일이 벗겨졌잖아.
−그냥 공방이 다 됨 이 인간은 ㅋㅋ

이미 성지한이랑은 싸우지 않으려는 분위기가 정착되
고 있었다.
'망했네, 이거.'
배틀튜브 생중계의 부작용인가.
하지만 스타 버프를 받기 위해선, 방송을 안 켤 수도
없었으니.
그는 외계인들의 반응을 보며 입맛을 다셨다.

'차라리 이 주제는 말하지 않는 게 낫겠어.'

괜히 말하면 말할수록, 자신의 강함만 더 어필될 테니.

성지한은 화제를 돌리려 했다.

그때.

[R.E.GATES가 1000만 GP를 후원했습니다.]

[성지한 오너. 혹시 저번에 레드 핸드가 한 이야기에 대해, 진실을 말씀해 주실 수 있겠습니까? 인류가 타올라, 초월자가 된다는 이야기 말입니다. 인류가 그것과 어떤 연관이 있습니까?]

마침 로버트 게이츠가 후원 메시지를 보내왔다.

ㅡ후원 메시지창에 글자 빽빽하게 담았네 ㅋㅋㅋ

ㅡ아무리 세계 최고 부자라 해도 메시지 한 방에 1000만 GP 날리긴 좀 아깝지⋯⋯.

ㅡㄹㅇ 외계인 성좌들 그러고 보면 참 부자야 1억 10억 팍팍 쏘잖아.

ㅡ나도 근데 저건 궁금했음.

ㅡㅇㅇ 성지한이 버튼 눌렀으면 죽을 뻔한 거였잖아;

투성에서, 세계수 점화 장치를 꺼냈을 때.

관리자의 손이 한 이야기를 듣고 사람들한테서 좀 격한

반응이 나오긴 했지.

'이건…… 모든 사정을 이야기하긴 좀 그렇지.'

사람들에게 사실 당신들은 적색의 관리자입니다.

우리 모두 성화에 불타오르면 관리자가 될 수 있어요.

이런 식으로 말하면 혼란만 가중될 테니까.

성지한은 최소한의 정보만 주기로 마음먹었다.

"아, 그거. 버튼 누르면 전 인류를 불태워서 적색의 관리자로 부활할 수 있다고 손이 꼬드겼었습니다만."

툭. 툭.

성지한은 오른손등을 두드려, 관리자의 손이 있는 척 제스처를 취한 후.

대수롭지 않다는 듯 말했다.

"그 말을 어떻게 믿습니까? 애초에 투성으로 절 던진 것도 손 때문인데요. 거기에 그놈 말대로 절대자가 된다고 해도, '나'는 유지하지 못할 것 같았습니다. 그래서 그냥 부숴 버렸죠. 뭐, 인류를 희생시키려는 정확한 이유는 모르겠지만……."

그는 인류가 적색의 관리자 그 자체란 사실은 굳이 이야기하지 않고.

그 외의 사실들만 두루뭉술하게 이야기했다.

"아마 여러분들이 저랑 종족이 같아서 그런 거 아닐까요? 동족이면 왠지 힘 흡수하기 쉬워 보이잖아요."

−어…… 그런가?

−뭔가 더 숨겨진 사실이 있는 거 같은데…….

−ㄹㅇ 다 이야기 안 한 느낌…….

−뭐 어쨌든 지한 님이 버튼 안 누른 게 중요하지.

−나 같으면 그 상황에서 눌렀다 ㅋㅋㅋㅋ

성지한의 설명에 의구심을 떨쳐 내지 못한 시청자들이
적지 않았지만.

−그래서 사실은 뭐임.

−형 알고 있는 거 더 있죠?

−그냥 이렇게 된 김에 다 까고 갑시다 ㅎㅎ

−ㄹㅇ 이렇게 끝나면 뭔가 시원찮다구.

여럿이 그에게 뭐 더 아는 사실 없냐고 물어봐도.

"글쎄요. 저도 자세한 사정은 모르겠습니다. 알면 말씀
드렸죠."

성지한은 어깨를 으쓱하면서, 모르쇠로 일관했다.

그리고.

−이 새끼들아 그만 좀 질문해라 진짜 ＿＿

−ㄹㅇ 오늘 뭐 청문회 함?

−성지한 님 얼굴 좀 봐 저렇게 갈라졌는데…….

-인류를 위해 힘 저렇게 쓰신 분에게 뭘 자꾸 캐묻고 있어

-버튼 안 누른 거만 해도 진정성은 이미 입증한 거 아님?

성지한이 대답할 뜻이 없어 보이자.

그의 지지자들이 적극적으로 나서서, 의문을 그만 제기하도록 했다.

얼굴이 평소보다 더 갈라져서 위험해 보이는 데다가.

자신이 죽을 위기에서도 스위치를 누르지 않은 것이 겹쳐서 그런가.

성지한의 팬들은 평소보다도 훨씬 강한 화력으로 채팅창을 점거했다.

'뭐, 이쯤이면 되겠군.'

성지한은 그런 채팅창의 흐름을 지켜보다가, 이제 방송을 끝내기로 했다.

애초에 방송을 켠 목적은 토너먼트 때문이었으니까.

여기서 더 이야기해 봤자, 딱히 좋을 게 없다.

"오늘의 귀환 방송은 여기까지 하겠습니다, 여러분."

그렇게 성지한이 손을 흔들고 채널이 닫히자.

삑.

피티아가 보던 화면도 암전되었다.

"자, 됐지? 이제 안내해라."

[······.]

"왜 대답이 없지? 설마 약속을 지키지 않을 셈이냐?"

노년의 길가메시가 얼굴을 일그러뜨리자.

피티아의 신안에서 소리가 들려왔다.

[너, 알고 있어?]

"뭘 말이냐."

[이 세계에, 신안을 지닌 존재가 또 있다는 걸.]

"너 말고도······ 또 있었나?"

[그래. 그녀가 우릴 찾고 있어.]

"우릴······?"

[내가 세계수 탐색을 위해 신안의 힘을 쓰면, 바로 걸릴 거 같은데.]

길가메시의 이마에 주름이 졌다.

지금 실컷 방송 보여 줬더니, 다 보고 나서 이런다고?

"너······ 그거 진짜냐? 신안을 지닌 이가 하필 타이밍 좋게 지금 우리를 탐색한다고?"

[거짓말 같아? 알았어. 그럼 쓸게.]

"그래, 빨리 알려 줘라."

[근데 너, 신안을 지닌 존재가 누군진 알아?]

"누군데 그래?"

[성지한 누나야.]

"······."

그 말에 길가메시가 움찔했다.

"잠깐. 신안 쓰면, 바로 걸리는 거냐……."

[어, 지금도 내가 우리 위치 숨기고 있는 거야.]

"……그럼 탐색이 끝날 때까지 좀 기다려 보자. 근데 설마 너, 허튼 생각하고 있는 건 아니겠지? 도망친다든지."

[지금 눈 하나 남았는데 허튼 생각을 어떻게 해?]

그는 그녀의 말에 고개를 끄덕였다.

자신이 제공하는 생명의 기운이 아니면, 어차피 오래 버티지 못하는 피티아.

그런 그녀가 이 상황에서 딱히 거짓말을 하진 않겠지.

어차피 들키면 둘 다 죽은 목숨이니까.

"……알겠다. 탐색 좀 막고 있어라. 난 인간 놈들한테 돈이나 받겠다."

[너무 티 나게 세뇌하지 마. 그러다 걸린다.]

"세뇌가 아니라 지배다."

길가메시는 그리 말하며, 서해 바다 앞에서 등을 돌렸다.

쑤욱.

그리고 그런 길가메시의 옷 주머니로 들어간 피티아는.

안에서 생각했다.

'사실 위치야, 이미 알고 있지.'

세계수의 위치.

그건 피티아가 성지한과 협력할 시기에.

그와 함께 탐색해서 이미 찾았었다.

위치야 아직도 정확히 기억나니, 알려 주는 건 어렵지

않은 일이었지만.

'이놈은 세계수에 데려가면 날 죽이려 들 거야.'

길가메시는 토사구팽을 당연하게 할 사람이다.

그런 그에게, 눈 하나 있는 상태에서 정보를 제공할 순 없지.

'일단은, 생명력을 갈취하면서 투성과 연락하자.'

길가메시를 이용하기로 마음먹은 피티아는.

성지한의 방송을 떠올렸다.

그의 얼굴, 예전에 비하면 완연히 공허에 잠식되어 있었지.

저렇게 극한 상황으로 치닫는 와중에도, 끝까지 스위치는 누르지 않은 건가.

'그 뜻은 존중할 만하지만, 능력이 아쉽네…….'

성지한이 비록 강하긴 했지만.

인류 모두에게 남겨진 적색의 인자를 제거할 정도는 아니었다.

무신처럼 투성과 합일할 정도는 되어야, 그런 기적을 만들어 낼 수 있겠지.

'만약 능력이 되었으면…….'

어쩌면, 그를 돕고 있었을지도.

피티아는 그런 생각을 하다가.

'……쓸데없는 생각은 그만두고, 지금 일에 집중하자.'

현실성 없는 가정은 그만두기로 했다.

* * *

3일 후.

['성지한 배 3차 성좌 토너먼트'의 참가자는 0명입니다.]

"이런."
성지한은 우려했던 사태가 발생하자 미간을 찌푸렸다.
아니, 1차 2차는 그렇게 인기 폭발이었는데.
어떻게 3차에 와서 한 명도 참가를 안하냐.
'약해졌다고 그렇게 어필을 했는데 소용이 없네.'
하아.
그가 한숨을 푹 쉴 무렵.
벌컥!
"삼촌. 왜 갑자기 한숨이야?! 어디 아파?"
윤세아가 다급한 얼굴로 성지한의 방문을 급히 열고 들
어왔다.
"……너 내 방에 도청기라도 달았냐? 뭔 한숨소리를 다
듣고 있어."
"아니…… 뭐 그냥 혹시 삼촌 쓰러지기라도 하나 싶어
서."
쓰러져?

성지한은 피식 웃었다.

"지구에서 내가 제일 건강할걸? 수천 번 죽어도 살아나는 인간인데."

"아, 그거 때문에 그렇지……! 수천 번 죽다 살아났는데, 부작용이 있을 수도 있잖아. 얼굴도 그렇고……!"

그러면서 금방 눈시울이 붉어지는 윤세아.

얘 또 울라 그러네.

성지한은 머리를 긁적였다.

무신과의 전투 이후 귀가했을 때, 자신보고 대성통곡을 하더니 과보호가 심해졌어.

"그래서, 왜 한숨 쉰 거야?"

"아, 토너먼트 참가자가 없어서."

"없으면 좋은 거 아니야? 안 싸우잖아."

"아니. 나는 꼭 대성좌랑 싸워야 하거든. 곤란하게 됐네."

이러면 역시 방법은, 드래곤 로드한테 쳐들어가는 것뿐인가.

'태양왕이 날 소환하는 방법도 있긴 하지만. 그놈은 있는 것 자체로 무신을 견제할 수 있으니 일단 후순위로 패스하고…….'

성지한이 그렇게 다음 스탭에 대해 생각을 하고 있을 무렵.

['아레나의 주인'이 메시지를 보냅니다.]
[성지한님. 토너먼트 개최 불발과 관련해서 드릴 말씀이 있습니다. 수련장에서 뵙죠.]

아레나의 주인 쪽에서 메시지가 도착했다.

'이쪽에서 먼저 보자고 하다니. 흔치 않은데.'

토너먼트 불발 건이 그렇게 컸나.

"나 수련장 좀 갔다 올게."

"응, 삼촌."

성지한은 윤세아에게 손을 흔들고는, 공허의 수련장 안으로 들어갔다.

그러자 그 안에선.

"오셨군요."

중절모 아래, 우주 형상이 보이는 아레나의 주인이 미리 대기하고 있었다.

"어. 토너먼트 어떻게 하냐."

성지한이 아레나의 주인에게 가볍게 대꾸하며, 그를 쳐다보았을 때.

스으으……

성지한의 몸 안에서, 하나의 기운이 꿈틀거리기 시작했다.

'응? 이게 왜…….'

아소카에게 받았던.

FFF급 스탯, 청靑이.

* * *

스탯 청.

아소캬에게 전해 받은 이 능력은, 적을 없애는 기능만 지니고 있었다.

'등급은 비록 FFF급이라도 적을 다루는 능력만큼은 탁월했지.'

관리자의 손이 스탯 적을 봉인했을 때에도.

성지한이 청을 1 올리자마자, 그 봉인이 해제되었을 정도였으니까.

이후에도, 스탯이 100으로 줄어든 적을 집어삼키기 위해.

1밖에 되지 않는 청의 기운이 적이 모여든 곳으로 가려고 들곤 했다.

이는 힘의 총량으로 보면 계란으로 바위 치기나 다름없었지만.

'혹시나 스탯이 줄까 봐 두 기운의 충돌을 최대한 떼어 놓고 있었는데 말이지…….'

적은 오른팔에 집중시키고.

청은 왼쪽 다리에 모아 거리를 멀리 떨어뜨려 놓은 후에야 둘은 충돌하지 않았다.

이렇게 기운을 배치한 후에는, 청에서 특이한 움직임이
느껴지지 않았는데.

스으으……

아레나의 주인이 눈앞에 보이자, 왼쪽 다리로 이동시켜
둔 청이 움직이기 시작했다.

"토너먼트 진행은 불가능합니다."

그리고 태연히 말문을 여는 우주 형상의 머리 안에서.

새하얗게 빛나던 배경의 별 중 30퍼센트 정도가 붉게
변하기 시작했다.

'……뭐야, 저거.'

청이 움직이고 나자, 보이는 적색 별.

저기서 적의 기운까지 느껴지지는 않았지만.

꿈틀……

청의 힘은 그걸 보면서 확실하게 반응하고 있었다.

'아레나의 주인은 공허의 최고위 서열. 그에게 저렇게
적의 기운이 은밀히 숨겨져 있다니……'

청이 아니었으면, 절대 알아보지 못했을 적색 별.

그걸 보자 성지한은 그간 미심쩍었던 점을 짚어 볼 수
있었다.

'세계수 점화 장치란 물건부터가 좀 이상했어.'

세계수 점화 장치.

버튼만 누르면 세계수가 불타올라, 적색의 관리자가 될
수 있다던 그 아이템은.

성지한이 이를 부쉈을 때, 스탯 적을 50이나 부여해 주었다.

'박살 냈을 때 50이 새어 나온 거면, 그 아이템을 만들었을 때에는 스탯 적이 더 소모되었을 터.'

물론 이건 흑색의 관리자가 만들어 넘긴 거라고, 아레나의 주인이 말하긴 했지만.

그에게서 적색의 별을 본 이상, 이제 예전에 한 말을 모두 믿기란 힘들었다.

오히려 하나씩 다 의심을 해 봐야겠지.

'그러고 보면, 흑백의 관리자가 업무에 치여서 적색을 상시 관리자로 만들고 싶어 한다고 이야기한 것도 걸려……'

이 배틀넷 세계의 절대자는 누가 뭐래도 흑백의 관리자다.

그들이 일에 치여서, 적색을 상시 관리자로 만들고 싶으면 솔직히 말해 인류 따위 그냥 불태워서 끝장을 내면 될 것을.

굳이 일을 이렇게 번거롭게 돌아가며 설계할 필요가 있을까.

'이놈, 수상하군.'

스탯 청으로 인해, 아레나의 주인의 얼굴 속에서 붉은 별을 본 성지한은.

일단 그를 적색의 끄나풀로 생각하기로 했다.

한편.

"무신과의 전투 이후, 참가 대기 명단이 모두 빠졌거든요. 참가비를 대폭 감면해 보기도 했습니다만, 질 게 뻔한 싸움은 하려 들질 않았습니다."

아레나의 주인은 성지한에게서 태도 변화를 감지하지 못하고, 태연히 말을 이어 나갔다.

"이런, 대성좌들도 참가하려 들질 않았나?"

"애초에 관리자의 손이 필요한 대성좌의 숫자는 한정되어 있습니다. 그리고 이 중 가장 이걸 원하는 이는 드래곤 로드와 태양왕인데, 드래곤 로드는 토너먼트가 부정하다고 의심하고 있고 태양왕은 다른 데 정신이 팔린 것 같더군요."

아바타로 성지한에게 완패한 이후, 토너먼트에선 못 싸우겠다는 입장을 고수 중인 드래곤 로드와.

무신의 몸을 차지하기 위해 정신이 팔려 있는 태양왕.

손이 가장 필요한 이 둘은 빠졌고.

"나머지 대성좌들은, 당신이 투성에서 보인 힘을 보곤 참가를 철회했습니다. 자신의 근거지에서라면 모를까, 토너먼트 경기장에선 당신과 대립하고 싶지 않은 것이지요."

"그래? 대성좌도 생각보다 별거 없군."

"당신이 너무 강한 겁니다."

스으으……

그러면서 우주 형상의 얼굴이 살짝 움직였다.

그러자, 30퍼센트였던 붉은 별이 더 많아져서.

우주의 거의 반절 이상이 붉은빛을 띠기 시작했다.

'뭔가를 하려는 건가.'

성지한이 주의를 기울일 때.

아레나의 주인이 천천히 목소리를 냈다.

"이렇게 되면, 성좌가 아닌 상태에서 대성좌를 꺾는 업적은…… 어떻게 하실 생각이십니까?"

"뭐, 생각 중이다. 드래곤 로드나 태양왕이 내 후원 성좌긴 하니까, 그놈들보고 나 소환하라고 해야지."

"그들이 과연 당신을 쉽게 소환하겠습니까? 당신이 투성에서 그리 강력한 모습을 보였는데 말이죠."

성지한의 말에 부정적으로 반응하는 아레나의 주인.

그는 이에 반문했다.

"뭐, 방법이라도 있나?"

"있습니다."

화르르륵……!

아레나 주인의 앞에 불꽃이 피어오르고.

그것은 곧 거대한 적색 보석으로 뒤바뀌었다.

"드래곤 로드에게, 이걸 가지고 있다고 하십시오."

"이건 뭐지?"

"드래곤 로드의 심장 일부분입니다."

이게 로드의 심장이라고?

성지한은 예전에 알트카이젠의 드래곤 하트를 받았을 때를 떠올렸다.

'그거랑 생긴 것은 비슷하다만, 크기가 차원이 다르군.'

알트카이젠의 드래곤 하트는 주먹만 하더니.

이건 일부분임에도 불구하고 성지한만 한 크기였다.

"이런 것도 가지고 있었나?"

"적색의 관리자를 추격할 때 얻은 물건 중 하나입니다. 관리자는 드래곤 로드의 심장 일부분을 빼내어, 그를 완전히 복종시켰죠."

"흠⋯⋯."

"그에게 관리자의 손에, 이것까지 가지고 있음을 보여 주면 소환을 하게 될 겁니다. 그런데."

스으윽.

아레나 주인의 얼굴에서, 별들이 일제히 움직이며 성지한의 오른손을 바라보았다.

"당신의 손에서, 힘이 느껴지지 않는군요?"

"관리자의 손?"

"예."

성지한은 아레나의 주인을 바라보았다.

이미 별 중 50퍼센트 이상이 붉어진 상대에게, 어설프게 거짓말을 해 보았자 바로 들키겠지.

"아소카가 봉인해 주고 갔다."

"그가⋯⋯ 말입니까."

아소카의 이름을 거론하자.

잠깐이지만, 붉은 별에서 빛이 강렬히 번뜩였다.

느낌이 어째, 분노를 표출한 것 같군.

"드래곤 로드가 당신을 소환하게 하려면, 손도 있어야 합니다. 아니, 정확히는 있어 보여야겠지요."

"그래? 드래곤 하트만으로도 충분히 유인이 될 거 같은데."

"이번 일은, 임시 관리자가 되기 위한 업적입니다. 보다 확실하게 그에게 소환되는 것이 낫지 않겠습니까?"

"뭔가 방법이 있어 보이는군."

"예."

우주 얼굴에서 빛이 반짝거리더니, 그것이 한 차례 소용돌이쳤다.

그리고.

슈우우우…….

소용돌이의 중앙에서, 적색의 눈이 튀어나왔다.

"이거, 예전 관리자의 손에 박혀 있던 눈과 비슷하네."

"예. 적색의 관리자의 몸에 박혀 있던 눈입니다. 손만큼의 힘은 내질 못하겠지만, 겉으로 보기에 흉내는 낼 수 있을 겁니다."

꿈틀.

허공에서 움직이는 작은 눈.

그것이 튀어나오자, 우주 배경에서 50퍼센트까지 차지했던 적색의 별은 대거 기세를 잃었다.

어렴풋이 보아도, 반 이상 사라진 붉은 별.

'자신의 힘을 여기에 나눠 준 건가.'

이번 일에 엄청 진심인데.

성지한은 붉은 눈을 보면서, 한 소리 했다.

"너 참 신기하네. 왜 이렇게 적색의 관리자 관련 물건들이 많아? 누가 보면 네가 적색의 관리자인 줄 알겠어."

"……적색의 관리자는 천 개가 넘는 눈을 지니고 있었습니다. 손보다는 그 가치가 덜하지요. 그래서 아레나에 보관된 그의 눈만 해도 수십 개는 됩니다."

"그렇게 눈이 많나?"

"예. 물론, 제 권한으로 빼 올 수 있는 건 이 정도가 한계지만요."

"그래? 그래도 이 정도면 엄청난 보물들인데, 나한테 다 줘도 되는 거야?"

"관리자를 탄생시키는 것이 중요하니까요. 거기에……."

"또 뭐지?"

"드래곤 로드에게 승리한 이후, 귀환 방법도 생각해야 하지 않겠습니까?"

귀환 방법이야 이미 있긴 한데.

성지한은 금륜적보를 떠올리며, 그에게 물었다.

"이 눈이랑 귀환이랑 무슨 상관인데."

"눈을 손에 끼워 넣으면 아시게 될 겁니다. 그 안에, 방법이 있으니까요."

자세한 방법론에 대해선 이야기하지 않고, 손에 눈을

이식하면 알 거라는 아레나의 주인.

성지한은 그를 가라앉은 눈으로 바라보았다.

드래곤 로드의 심장 일부에, 적색의 관리자의 눈까지 아낌없이 퍼 주는 걸 보면.

스탯 청이 발동하지 않았더라도, 그에 대한 의심이 생겼을 것 같았다.

'그런데도 이렇게 급히 나오는 건, 뭔가 사정이 있나 본데……'

성지한은 아레나의 주인이 제공한 물건들을 쭉 둘러보곤 입을 열었다.

"좋아. 이걸 받아 드래곤 로드를 도발하도록 하지."

"잘 생각하셨습니다."

"대신…… 인벤토리."

성지한은 인벤토리를 열어, 로드의 심장과 관리자의 눈을 동시에 넣어 버렸다.

"눈도 넣으시는 겁니까?"

"어, 지금 당장 이식할 필요는 없잖아? 관리자 손 때문에 그 고생을 했는데."

"……."

"드래곤 로드가 로드의 심장만 보고 날 소환하면, 굳이 저 눈알을 급히 손등에 박을 필욘 없겠지."

"……그건, 그렇군요. 하지만."

성지한의 말에 우주 속 붉은 별이 번뜩였다.

"드래곤 로드는 저번처럼 쉽게 당하지 않을 겁니다. 소환의 주도권이 그에게 있는 이상, 그는 자신의 본거지에서 각종 함정을 파고 당신을 기다릴 테니까요."

"그럼 급할 때 눈 박아 넣지 뭐."

"……예, 꼭 그렇게 하십시오."

그 대답에, 아레나의 주인은 더 이상 눈을 손등에 이식하라고 하지 못하고 한발 물러났다.

"그럼 물건도 전달했으니, 이만 가 보겠습니다."

"어. 잘 받았어."

스으으으…….

성지한의 배웅에 아레나의 주인이 서서히 옅어지다가.

"아, 그리고 투성은 세 달 동안 봉인되었습니다."

"세 달? 그 난리를 치고?"

"예, 그러니 그 기간 내에, 일을 마무리 짓는 게 좋을 겁니다. 일 년 근신도 추가로 주어졌습니다만…… 저번에도 그는 근신 상태에서 일을 벌였으니까요."

"그래…… 정보 고맙군."

"그럼."

투성의 봉인 소식을 알리곤, 완전히 사라졌다.

'세 달 내에 드래곤 로드를 처치하고, 임시 관리자가 되라는 건가.'

시간이 많진 않네.

그동안 최대한 더 능력을 끌어올려서, 가야 하나.

성지한은 자신의 상황을 한번 점검해 보았다.

'레벨 업을 더 하기엔 위험하단 말이지.'

무신과의 전투 때, 총력을 다한다고 성좌 모드를 오래 켜 둬서 그런가.

성좌 도달 레벨은 쭉쭉 내려가서, 이제 677이 되어 있었다.

현재 레벨이 650이니, 레벨을 27만 올리면 성좌가 되는 상황.

'드래곤 로드랑만 1:1로 붙는 거면 레벨 최대한 올리고 싸우겠지만, 그놈이 그렇게 공정하게 싸울 리가 없다.'

자기 레어로 성지한을 소환해서 싸우는데, 정정당당하게 싸울 리가 없지.

드래곤 로드가 자기 부하들 쫙 다 불러다가 성지한을 압박하기라도 하면.

자칫 잘못하다간 로드의 부하 용들 잡다가, 레벨이 올라가서 성좌가 되어 버릴지도 몰랐다.

'그것보단 차라리 이 수련장에서, 이번에 대폭 오른 능력치를 수련하는 게 낫겠어.'

투성에서의 전투로 무혼과 공허가 상당량 올랐으니.

성지한은 이번에 올라간 능력을 확실히 몸에 체화시키기로 했다.

다만.

'스탯 청은 여기서 드러내 놓고 쓰면 안 되겠네.'

아레나의 주인이 청에 대해 알게 되면, 피곤해질 것 같으니.

성지한은 청을 제외한 나머지 스탯에 수련을 집중했다.

그리고.

"이 정도면⋯⋯."

한참을 수련장에 틀어박혀 있던 성지한은.

"나가도 되겠군."

현실에서는 10일.

공허의 수련장 기준으로 1000일간의 수련을 마치곤 밖으로 나왔다.

드래곤 로드를 잡을 준비는 끝낸 후였다.

* * *

대기 길드의 내부에 마련된, 방송용 스튜디오.

수련장에서 나온 성지한은, 이곳을 통해 배틀튜브를 틀기로 했다.

평소처럼 집에서 틀지 않는 이유는.

'드래곤 로드의 심장, 너무 커졌어.'

받을 때만 해도 성지한 정도의 크기였던 드래곤 로드의 심장은.

지금은 그때보다 세 배는 더 부풀어 있었다.

집에서는 이걸 온전히 담을 수 없었기에, 그는 부득이

하게 길드로 내려온 것이다.

한데.

'이미 사용 중이군.'

가장 넓은 스튜디오에선, 그림자여왕이 여러 게스트들과 함께 배틀튜브 생방송을 진행하고 있었다.

성지한이 멀리서 팔짱을 낀 채, 가만히 지켜보고 있자니.

"어, 오너님!"

길드 마스터인 이하연이 반가운 얼굴로 다가왔다.

"길드에서 뵙는 건 정말 오랜만이네요!"

"그러게요. 천 일도 넘었으니."

"엥? 천 일요?"

"수련장 안에서 그 정도 있었거든요."

"아, 맞다. 수련장에선 시간의 흐름이 달랐죠?"

지구와는 시간의 흐름이 다른 공허의 수련장.

성지한의 말을 듣고 고개를 끄덕이던 이하연은, 그의 왼쪽 얼굴을 물끄러미 바라보았다.

"오너님, 근데…… 얼굴의 금이 더 커진 것 같아요."

"그래요? 수련할 때 공허도 좀 다뤘더니 이렇게 되었나 보군요."

"그…… 괜찮으세요?"

"아직은 아무렇지도 않습니다."

"아직은…….'"

이하연이 걱정스러운 얼굴로 그의 얼굴을 살필 때.

"길드 마스터님. 찾으신 자료 여기 있습니다…… 엇……."

대기 길드의 직원 한 명이 이하연에게 보고하러 왔다가, 성지한의 얼굴을 보곤 흠칫 놀라 몸을 움츠렸다.

예전에는 사람들이 성지한을 보면 호기심과 선망의 시선을 보내곤 했는데.

공허의 틈새가 강해진 이후론, 그를 보는 눈에 두려움이 섞여 있었다.

이하연은 그런 직원의 낌새를 느끼곤, 얼굴을 찌푸렸다.

"주고 가요."

"네, 네!"

이하연에게 얼른 서류를 건네곤, 도망치듯 자리를 빠져나오는 직원.

그녀는 성지한을 바라보곤 말했다.

"죄송해요. 저 직원, 해고할게요."

"아니, 뭐 했다고 해고합니까?"

"오너님 얼굴 보고 겁먹었잖아요."

"뭐, 겁먹을 만하죠. 제가 봐도 인간 같지 않은데."

성지한은 근처의 유리창에 비친 자신의 얼굴을 보며, 고개를 끄덕거렸다.

턱에 금 몇 개가 있던 때와는 다르게.

지금은 얼굴이 툭 건드리면 부서질 것 같은, 깨진 유리

창 같았으니까.

거기에 틈새에선 보랏빛의 기운이 넘실거리는 게 불길한 느낌까지 들었다.

"아, 정말 괘씸한데…… 저번에 오너님 덕분에 어머니 퇴원했다고 좋아했으면서."

"사람의 본능은 어쩔 수 없죠. 저 직원 말고도 많이들 겁먹더군요."

"죄송해요. 제가 나중에 따끔하게 주의를 줘야겠네요……."

스산한 눈으로 뒤쪽의 직원들을 한 번 바라본 이하연은.

성지한에게 다시 말을 걸었다.

"그런데 오늘은 스튜디오 사용하려고 오셨어요?"

"예, 오늘 할 배틀튜브는 넓은 공간이 필요해서요."

"그럼 여왕님 당장 끌어 낼게요."

"아, 괜찮습니다. 좀 기다리죠 뭐."

성지한은 괜찮다는 듯 손을 들었지만.

"여러분, 오늘 방송은 여기까지 해야겠다."

그림자여왕은 성지한의 기척을 알아채곤, 이미 방송을 급히 끝내고 있었다.

－잉? 왜 벌써 끝냄?

－슬라임에게 플라스틱 먹이기 실험한다면서요.

－ㄹㅇ 이 실험 성공하면 인류가 쓰레기에서 해방되는

거 아니었음?

　-쓰레기 없애려다 슬라임 천국 되는 거 아니냐 근데 ——

　여왕의 채널을 시청하던 사람들은 슬라임 특집 방송 왜
안 하냐고 항의했지만.

　"길드 오너가 스튜디오 쓴다고 해서 말이야. 오너님이
우선이지."

　그림자여왕이 성지한이 왔다고 말하자 분위기가 180도
달라졌다.

　-아 그럼 ㅇㅈ이지.

　-뭐 해요, 얼른 안 비키고.

　-슬라임 따위가 중요하냐 지금? ㅋㅋㅋㅋ

　-오늘은 집에서 안 찍으시네…… 뭐 큰 거 있나?

　-빨리 꺼요 좀!

　"……간다, 가."

　그림자여왕은 손을 두어 번 흔들더니, 방송을 껐다.

　"천천히 하지 그랬어."

　"최대 투자자님을 기다리게 할 수 있나. 슬라임 컨텐츠
야 나중에 써먹으면 된다. 거기에."

　스으윽.

　성지한에게 다가온 그림자여왕은 입가에 웃음을 지었다.

"굳이 여기까지 와서 무슨 방송을 할 건지, 내가 궁금하거든."

"뭐, 별거 아니야."

성지한은 스튜디오 안으로 걸어가며, 인벤토리를 열어 물건을 꺼냈다.

거기서 나온 건, 거대한 크기의 붉은 보석.

"그건……."

"드래곤 로드의 심장이라는데?"

"시, 심장?"

강렬한 열기를 뿜어내며, 금방이라도 주변을 불태울 것 같은 로드의 심장.

성지한은 이 열기가 주변에 영향을 끼치는 걸 차단했다.

"……그걸 왜 꺼낸 거지?"

"드래곤 로드한테 보여 줘야지."

성지한은 배틀튜브를 키며, 태연히 답했다.

"그래야 날 소환할 테니까."

* * *

성지한이 배틀튜브를 켜자마자.

－오, 오늘은 집이 아니네?

-아까 그림자여왕이 자리 비켜 줬다고 했음 ㅋㅋㅋ

　-길드 컨텐츠라도 하시려나? 길드 스튜디오에서 방송하는 걸 보면.

　-그건 아닌 듯 옆에 거대 루비가 있잖아.

　-근데 얼굴 왜 더 금가 있음?;;

　-그러게…… 이러다 깨지는 거 아닌가 싶다니까ㅜㅜ

　미리 대기하고 있던 인류 시청자들뿐만 아니라.

　-오랜만에 틀었군 이 채널.

　-그러고 보니 토너먼트 개최 안 됐던데…….

　-무신과 싸운 걸 보고도 참여하는 게 바보지.

　-그래도 대성좌까지 발을 뺄 줄은 몰랐어.

　외계의 시청자들도 상당수가 바로 유입되었다.

　무신과의 전투 이후, 이제는 배틀튜브에서 가장 주목도가 높은 채널이 되어 버린 성지한 채널은.

　이번에 열흘간 쉬었음에도, 변함없는 인기를 자랑했다.

　"안녕하세요, 여러분."

　성지한은 가볍게 고개를 숙이곤, 바로 옆에 있는 거대 보석을 두드렸다.

　"오늘은 이 물건 좀 보여 드리려고 방송 켰습니다."

-뭐야, 저 광석은?

-오늘은 안 싸우나 봐?

-채널 인기 높아지니 바로 세일즈에 들어가는군…… 구독 취소해야겠다.

-근데 저 안에 불의 마력, 상당해 보이는데? 얼만지에 따라 구매할 만하겠어.

성지한이 옆에 있는 붉은 보석을 가리키자.

성질 급한 외계의 시청자들이 채널 인기 높아지니까 벌써 광고하는 거냐며 그를 성토했다.

하나.

[드래곤 로드가 1억 GP를 후원했습니다.]

[그 물건, 설마하니 내 심장이냐…….]

드래곤 로드가 1억을 쏘면서 메시지를 보내자.

-뭐…….

-저게 드래곤 로드의 심장이라고……?

-그리고 보니 드래곤 하트가 저 광석 느낌이긴 했지.

-하지만 다른 드래곤의 하트는 저렇게 크지 않았다고;

-드래곤 로드 거잖아. 사이즈가 다르겠지.

광고 아니냐던 채팅창의 분위기가 일변했다.

"자기 심장은 한눈에 알아보네."

[드래곤 로드가 1억 GP를 후원했습니다.]
[그걸 네가 어떻게…… 대체 어디서 입수한 거지? 이건
분명, 예전에 바쳤던 부위인데…….]

바쳤다고 말하는 걸 보면, 적색의 관리자에게 넘겼던
심장 부위가 맞나 보군.

성지한은 그의 심장을 손가락으로 툭툭 두드리며 말했
다.

"너, 예전에 내가 날 특별 진상 하면 받아 준다더
니…… 오늘 해 보니까 거절했더라?"

후원 성좌에게 물건을 바칠 수 있는 특별 진상.

성지한은 예전에 진상품으로 자신을 바쳐서, 드래곤 로
드의 레어로 쳐들어가겠다고 말했고.

드래곤 로드는 얼마든지 쳐들어오라면서, 지옥을 보여
주겠다고 했다.

하나.

'정작 오늘 아침에 해 보니, 이놈이 바로 거절했지.'

수련장에서 나오고 난 이후.

성지한은 아레나의 주인이 준 물건들을 쓰지 않은 상태
로, 셀프 진상을 한번 시도해 보았다.

하지만.

[후원 성좌 '드래곤 로드'가 플레이어의 특별 진상을 거부했습니다.]

얼마든지 덤벼 보라면서 자신 있어 하던 드래곤 로드는, 무신과의 전투를 보고 겁이라도 먹었는지.

성지한의 특별 진상을 그 즉시 거절했다.

그리고 이 둘의 대화를 지켜보던 시청자들은.

-저게 무슨 소리야? 특별 진상을 거절했다고?

-쫄았네 ㅋㅋㅋㅋ

-아무리 그래도 자기 레어는 홈그라운드인데;

-무신도 자기 홈그라운드였잖아.

-그러네. 드래곤 로드가 무신처럼 별과 합체할 거도 아니고, 불러 봤자 골치 아프기만 할 거라 생각한 듯.

-그래도 대성좌 체면이 있지 쯧…….

특별 진상을 거부한 드래곤 로드를 조롱하기 시작했다.

성지한은 그런 채팅창의 흐름을 바라보다가.

"여론이 안 좋군, 드래곤 로드. 어떠냐. 이번엔 이거랑 같이 갈 테니, 받아 줄 테냐?"

툭. 툭.

드래곤 로드의 심장을 주먹으로 두드렸다.

그러자.

[드래곤 로드가 1억 GP를 후원했습니다.]

[하찮은 것들의 여론 따위는 신경 쓰지 않는다. 한데…… 네 오른손은 어떻지?]

드래곤 로드는 뜬금없이, 성지한의 손에 대해 물어 왔다.

-갑자기 손 이야기가 왜 나옴?

-그리고 보니 관리자의 손에 눈동자가 안 나와 있네.

-저번처럼 봉인된 거 아냐?

시청자들은 처음엔 그저 저번처럼 손이 봉인되었거니 생각했으나.

[드래곤 로드가 1억 GP를 후원했습니다.]

[네 손에서 관리자의 권능이 사라졌다는 이야기를 들었다.]

드래곤 로드가 그리 말하자, 이에 관심을 보였다.

-관리자의 손이 사라졌다고? ㄹㅇ?

⟨200⟩ 2레벨로 회귀한 무신 21

-그럼 토너먼트는 애초에 개최 불가능하지 않아? 상품이 사라진 건데.

　-참가자가 없어서 다행이었던 건가;

　-ㄹㅇ 성지한 꺾었는데 사실 관리자의 손은 없었습니다~ 이러면 아레나도 뒤집어졌겠는데 ㅋㅋㅋ

　-근데 저 사실, 드래곤 로드는 누구한테 들은 거임?

　드래곤 로드와 관리자의 손까지 거론되며.

　방송을 킨 지 몇 분 채 되지 않아 글이 쏟아지는 외계의 채팅창.

　성지한은 이를 보며, 눈빛을 가라앉혔다.

　'이 정보, 아레나의 주인이 드래곤 로드에게 알려 줬나 보군.'

　관리자의 손을 확인해 보라고 말이지.

　그래야 성지한이 받고 인벤토리에 넣어 뒀던 적색의 눈동자를, 손등에 박아 넣을 것 아닌가.

　'일단은, 장단에 맞춰 주는 척해 볼까.'

　성지한은 인벤토리에 오른손을 집어넣어 눈동자를 쥐었다.

　그러자.

　스으으…….

　인벤토리 안에서, 오른손으로 흡수되는 관리자의 눈.

[스탯 '적'이 100 오릅니다.]

그리고 관리자의 눈이 흡수되고, 손등에 눈동자가 생기
자.

적이 대번에 100이 늘어났다.

스으윽.

성지한은 인벤토리에서 손을 꺼내곤, 드래곤 로드에게
이를 보여 주었다.

"어디서 그런 루머를 들었는지 모르겠지만, 손은 잘만
있다."

-인벤토리에 손 넣은 거 같았는데…… 봉인 해제라도
한 건가?

-가짜는 아니지?

-글쎄 눈동자 꿈틀거리는 게 예전이랑 똑같긴 함.

성지한의 손등을 보고, 관리자의 손임을 확신하는 시청
자들.

그만큼 눈동자가 움직이는 모습은 예전의 것과 똑같았
다.

"자, 이럼 의문은 풀렸나?"

성지한이 눈동자를 손가락으로 가리키자.

[드래곤 로드가 1억 GP를 후원했습니다.]

[좋다. 3일 후, 심장을 들고 널 특별 진상하라. 그날, 너를 소멸시키겠다.]

드래곤 로드는 확인이 끝내곤, 마지막으로 메시지를 보내왔다.

"쯧, 바로 하지. 왜 또 3일 후인지……."

토너먼트 때 아바타가 패배했던 경험이 워낙 컸는지.

물건 다 확인해 놓고도 나중에 소환하겠다는 드래곤 로드.

—아 대성좌인 내가 성좌 후보자랑 싸울 거지만 준비는 해야 한다고 ㅋㅋㅋㅋ

—용족들에게 이제 총동원령 떨어지겠네.

—아니 대성좌라기엔 너무 추한데 드래곤 로드…….

—용족을 중흥시킨 위대한 군주 이미지가 올해 싹 다 날아가 버렸네;

—ㄹㅇ 함정 얼마나 파 놓으려고 3일 여유를 달라고 하냐.

외계의 시청자들은 드래곤 로드의 의도를 파악하곤 황당해했다.

"뭐, 우리 후원성좌께서 그리 원하신다면 어쩔 수 없죠. 3일 후에 뵙겠습니다, 여러분."

그렇게 방송이 끝나고, 3일 후.

[후원 성좌 '드래곤 로드'가 플레이어의 특별 진상을 수락했습니다.]

특별진상이 성공하여, 드래곤 로드의 레어로 들어서게 된 성지한은.
[왔군.]
[지금이다! 아이스 브레스를!]
[당장 제압하라!]
소환되자마자.
사방에서 냉기가 담긴 드래곤 브레스에, 집중포화를 받았다.
적을 다루는 성지한을 견제하기 위한, 드래곤의 공격.
하나.
"오……."
막상 집중공격을 받던 성지한의 얼굴은, 밝기 그지없었다.
그도 그럴 것이.

[스탯 '청'이 2 오릅니다.]

아이스 브레스를 맞자, 생각지도 않은 능력치가 오르고 있었으니까.

* * *

'청이 냉기와도 관련이 있었나?'

스탯 청.

아소카가 건네준 이 능력은, 어디까지나 적을 없애는 데 특화된 줄로만 알았다.

그래서 받은 등급도, FFF 아니었나.

한데, 드래곤 로드가 준비한 용들이 쏴대는 아이스 브레스에 이 능력이 오르다니.

'냉기와는 딱히 관련이 없는 줄 알았는데.'

연구를 해 볼 필요가 있겠군.

성지한은 아이스 브레스를 온몸으로 맞으며, 가만히 내부의 변화를 지켜보았다.

삽시간에 낮아지는 온도와 사방을 얼리는 냉기는.

사실 성지한이 지닌 무혼의 영역도 제대로 공략하질 못했다.

다만.

'아이스 브레스가 집요하게 오른팔에 위치한 적의 능력을 봉인하려 드네.'

수백 실버 드래곤의 머리에서 뿜어져 나오는 아이스 브레스는.

대부분의 힘이 집요하게 성지한의 오른팔에 집중되었

고, 적을 옥죄려 했다.

단순히 빙속성이어서 그렇다기엔, 꽤 체계적인 움직임.

성지한이 아이스 브레스에 파묻히자.

[후후…… 과연. 쉽사리 불을 피워 올리지 못하는구나.]

멀리서 득의에 찬 음성이 들려왔다.

드래곤 로드가 신난 게 여기서도 느껴지네.

'뭐, 이 정도로 적의 발현을 막을 순 없지만.'

적색의 눈까지 박아넣어, 200이 된 스탯 적.

비록 수치는 예전보다 확 줄었을지라도, 끌어낼 수 있는 힘은 그때보다 더 강력했다.

적색의 관리자를 잠깐 체험했던 경험이, 이 능력의 숙련도를 확 끌어 올렸으니까.

솔직히 이 정도의 아이스 브레스쯤은.

오른손을 불태우면 깡그리 정리될 수준이었다.

하지만.

[스탯 '청'이 2 오릅니다.]

성지한은 스탯 청이 또다시 오르자.

일단 당하는 척, 가만히 있었다.

공짜로 스탯 올려 주는 건, 언제나 환영이지.

그렇게 성지한이 가만히 서서 쭉 아이스 브레스를 맞고
있자.

　－아니…… 뭐야. 벌써 끝이야?
　－이 인간이 이렇게 무력하게 당할 리가 없는데.
　－실버 드래곤의 아이스 브레스가 강력하긴 해도, 무신
과 싸우던 성지한이 이렇게 꼼짝도 못 하는 건 말이 안
됨.
　－드래곤 로드가 뭔가 특수한 방법을 쓴 건가?

　외계의 시청자들은 현 상황을 쉽게 이해하지 못했다.
　아무리 드래곤이 강한 존재라 해도, 성지한이 상대했던
무신은 그들을 훨씬 압도하는 규격 외의 존재였으니까.
　그에게서도 그렇게 버틴 성지한이, 겨우 이 정도 공격
에 발이 묶인다?
　쉽게 이해할 수가 없는 상황이었다.
　시청자들이 능력치가 오르고 있다곤 상상도 못 한 채,
현 상황에 대해 갑론을박을 하고 있을 때.

　[스탯 '청'이 1 오릅니다.]

　'이제 더 이상 오르지 않을 거 같군.'
　성지한은 10까지 오른 청 능력치를 보곤, 성장이 끝났

음을 직감했다.

능력도 다 흡수했으니, 이제 슬슬 움직일까.

그가 그렇게 움직이려 할 때.

[그렇게 자신하더니, 겨우 이 정도인가? 이러다 그냥 죽어 버리겠군.]

오히려 드래곤 로드 쪽에서 성지한이 죽어 버릴까 봐 걱정해 주기 시작했다.

* * *

[항복해라. 내 특별히 자비를 보이지.]

드래곤 로드는 그리 말하며, 자신의 조건을 말했다.

[당장 나의 심장을 꺼내고, 오른팔을 잘라 바쳐라. 그러면 목숨만은 부지해 주마.]

스으으으…….

그렇게 제안이 나오면서, 약해지는 브레스.

대답할 여유 정도는 주겠다는 건가.

"정말 그거면 되냐?"

[그렇다. 내가 새로운 관리자로 즉위하는 날이 될 테니. 내 특별히 용서해 주겠다.]

이미 승리자의 입장에서, 발언을 이어 가려는 드래곤 로드.

성지한은 이를 조금 들어주다가, 고개를 좌우로 저었다.

"그건 고마운데, 내 목숨…… 별로 걱정할 거 없어."

[굳이 죽으려 드는가.]

슈우우우……!

그 말이 끝나기가 무섭게, 아이스 브레스가 한층 더 강력해졌지만.

"이거 가지곤 죽고 싶어도, 못 죽거든."

화르르륵!

성지한의 오른팔이 불타자.

스으으으…….

아이스 브레스가 일제히 수증기로 변하더니 곧 사라졌다.

그러자 서서히 보이기 시작하는, 주변 풍경.

성지한은 허공에 소환된 상태로, 사방에서 수백 실버 드래곤의 포위를 받고 있었다.

-뭔 은빛 드래곤만 잔뜩 있네;

-여기 드래곤 레어가 맞긴 한가? 실버 드래곤밖에 안 보여서 뭐가 뭔질 모르겠네.

-용들이 이렇게 빼곡하게 머리 내밀고 있는 것도 가관이다…….

-성지한 하나 막으려고 이 수많은 드래곤 동원한 거야?

-이 정도 드래곤 숫자면 웬만한 행성 하나 침공해도

되겠는데.

아이스 브레스를 걷어 내자, 보이는 건 온통 실버 드래곤 천지.

진짜 3일 동안 준비 제대로 했구나, 성지한이 내심 감탄할 무렵.

[아니…… 적을, 발현할 수 있었단 말이냐?]

실버 드래곤 무리의 뒤편에서, 드래곤 로드의 당황한 목소리가 들려왔다.

"어. 그냥 이 아이스 브레스 신기해서 좀 맞아보고 있었거든."

[이런…… 이그드라실. 네 방법, 전혀 안 통하는구나!]

녹색의 관리자, 이그드라실의 이름이 여기서 나온다고?

'얘는 또 언제 끼어들었어.'

예전엔 세계수 점화 장치 가지고 누르겠다고 협박이라도 했다지만.

이제는 그 장치도 부서져 버렸으니, 녹색의 관리자를 어찌할 방법이 없네.

성지한은 미간을 찌푸렸다.

"아이스 브레스에 적을 봉인하려던 힘이 담겨서 뭔가 싶더니, 이그드라실이 가르쳐 준 거였군."

어쩐지 냉기 맞았다고 청이 오르는 게 이상하다 싶더니.

저 아이스 브레스 안에, 이그드라실이 적을 제압하려던 방법이 내포되어 있었나.

'저 공격이 적의 발현 구조를 성공적으로 압박하긴 했어.'

적색의 관리자를 체험하기 전의 성지한이었다면, 저 아이스 브레스에 꽤 고전했겠지.

하지만 적의 숙련도가 오른 데다가.

스탯 청까지 지닌 지금의 성지한에게 저건 그냥 능력치를 올려 주는 좋은 기회에 불과했다.

[……이그드라실. 적을 확실히 없앨 수 있다 자신하더니, 이게 대체 뭐냐!]

드래곤 로드가 아직도 지금 상황을 믿을 수 없는지, 녹색의 관리자를 성토하자.

[우주수 이그드라실이 당신이 예전보다 더 적을 잘 다룬다며 감탄합니다.]

[그러면서 당신이 이미 적색의 관리자가 된 건 아니냐고 묻습니다.]

이그드라실은 드래곤 로드는 무시한 상태에서.

오히려 성지한의 채널에 들어와 그에게 질문을 하고 있었다.

"적색의 관리자는 무슨…… 너야말로 왜 드래곤 로드

돕고 있지?”

[우주수 이그드라실이 다 당신을 위해서라고 답합니다.]

“……이건 또 뭔 헛소리야?”

[당신이 지닌 적의 능력이 너무 강해져서, 여기서 한 번쯤은 통제받을 필요가 있다고 합니다.]
[그러면서 손등의 눈 모양, 예전이랑은 좀 달라진 것 같다고 지적합니다.]

성지한은 이그드라실의 궤변을 듣다가, 마지막 메시지를 보고는 눈썹을 꿈틀거렸다.
손등에 박힌 눈동자 모양은 솔직히 예전이나 지금이나 별 차이가 없는데.
과연, 관리자의 시선에선 다르게 보이는 건가.
[이그드라실! 지금 나의 말은 무시하고, 지금 저놈과 대화하는 건가? 내가 이번에 넘겨준 게 얼만데……!]
한편, 이그드라실과 이야기하는 걸 눈치챈 드래곤 로드가 분개하자.
성지한이 용들을 바라보다, 손짓했다.
“야, 애들 뒤에 숨어서 쫑알거리지 말고, 나와라.”
[뭐라고…….]

"언제까지 이 실버 드래곤 뒤에 숨을 건데?"

스으윽.

성지한은 인벤토리에서 봉황기를 꺼냈다.

그가 손에 쥐자마자, 삽시간에 타오르는 창.

혼원신공混元神功

천뢰용염天雷龍炎

용뢰龍雷

불꽃 속에서, 벼락이 사방으로 쏟아지자.

화르르륵……!

용뢰에 닿은 실버 드래곤의 몸이 일제히 타오르며, 포위망이 급격하게 허물어지기 시작했다.

[다, 다시 공격하라!]

[로드를 위해!]

살아남은 실버 드래곤들은 성지한의 공격을 어떻게든 막아 내며, 반격을 하려 했지만.

"얘네론 안 돼."

지지지직!

창 끝에서 용뢰가 한 차례 더 번뜩이자, 실버 드래곤이 학살당하기 시작했다.

―아니 드래곤이…… 무슨 잡몹처럼 쓸려 나가네.

-드래곤 로드가 부른 실버 드래곤이면 그래도 꽤 강한 이들일 텐데?

-저기 죽는 애들 중에 성좌급도 있을걸? 레벨은 하위 레벨이겠지만

-아니 성지한 무신이랑 싸우고 힘 다 썼다며; 지금이 제일 약한 타이밍이라고 했잖아…….

-그 말을 믿음? ㅎㅎ;

약해졌다면서 토너먼트 나오라고 그렇게 엄살을 떨더니.

용족을 대학살하는 성지한을 보면서, 외계 시청자들은 역시 배틀넷에 믿을 놈 하나 없다는 격언만 깨우쳤다.

한편.

[레벨이 1 오릅니다.]

성지한은 레벨이 올랐단 메시지를 보면서 불만족스러운 표정을 지었다.

그렇게 올리고 싶을 땐 잘 안 오르더니.

실버 드래곤 좀 잡았다고, 레벨이 바로 올라가네.

'이거 레벨 26 더 오르면 성좌 되는데.'

성좌가 되기 전에 드래곤 로드를 잡아야 하는 성지한으로서는.

이제 레벨 업 메시지가 그다지 달갑지가 않았다.

레벨 더 오르기 전에 드래곤 로드를 잡아야 했는데.

'어디 숨었는지 보이질 않네.'

성지한은 포위망이 와해된 후, 시야가 탁 트인 주변을 바라보았다.

잿빛의 하늘 아래.

평탄한 황무지에, 거대한 알이 빼곡하게 우뚝 서 있었다.

−저 알…… 드래곤 알인가? 숫자가 대체 몇 개야 ㄷㄷ

−드래곤 로드의 레어로 소환되는 줄 알았는데…… 어째 무슨 거대 부화장에 온 거 같은데 ㅋㅋㅋ

−근데 정작 드래곤 로드는 어디 있는 건지 안 보이네.

−실버 드래곤으로 설마 대책 끝이야?

드래곤 로드의 레어라기에는, 알밖에 없는 세상.

성지한은 이를 보며 눈빛을 가라앉혔다.

'금륜적보를 써서 귀환하려면, 하루 안에 끝을 내야 하는데.'

드래곤 로드 놈.

실버 드래곤 무리 뒤에서 그렇게 입을 털었던 걸 생각하면, 여기에 분명 있긴 있는 거 같은데.

어떻게 기척을 잘 감췄는지, 성지한의 감각으로도 그의 존재가 걸리질 않았다.

그나마 연관이 있어 보이는 건.

'저 알들 중에 로드의 흔적이 미약하게나마 있어 보이는데…… 다 깨면서 찾아야 하나?'

스윽.

성지한은 창을 한 차례 움직였다.

혼원신공混元神功

삼재무극三才武極

횡소천군橫掃千軍

한순간에 세상이 반으로 갈라지며.

일제히 쪼개지는 용의 알.

그 안에선 뿌연 연기가 피어오르더니, 갈라진 알은 순식간에 쪼그라들었다.

-계란 다 깨지네 ㄷㄷ

-드래곤 로드 지금 알 다 박살 나고 있는데 어디 갔음.

-아까 신나게 입 털 땐 언제고 이젠 귀신같이 조용하네;

-벌써 튄 거 아니야? ㅋㅋㅋㅋ

알들이 깨져 가는 와중에도, 조용하기 짝이 없는 드래곤 로드.

겉으로 보기엔, 이거 진짜 도망친 것 같았다.

하지만.

'아직은 여기 있는 거 같단 말이지…….'

비록 드래곤 로드의 위치는 아직 특정하지 못했지만.

그가 아직 이 장소를 떠나진 않은 것 같았다.

'알을 깨 볼까.'

성지한은 창을 몇 차례 더 휘둘러, 주변의 알을 깨부쉈지만.

[레벨이 1 오릅니다.]

레벨 업 메시지가 떠오르자, 공격을 일단 멈췄다.

아니 무슨 알 조금 부쉈다고 레벨이 오르냐.

'이러다 여기서 알 깨다가 성좌되겠군.'

이래선 다른 방법을 모색해 봐야겠는데.

성지한은 잠시 생각하다, 인벤토리를 열어 드래곤 로드의 심장을 꺼내 보았다.

"야, 이거 네가 찾던 거다."

그러자.

스으으…….

사방의 알에서, 일제히 피어오르는 드래곤 로드의 기운.

그것은 심장과 공명하며, 힘을 발현하나 싶었지만.

[아직은 아니다. 구원군이 올 때까지 참아야 한다…….]

드래곤 로드가 그렇게 말하자.

알에서 피어오르던 로드의 기운이 금방 수그러들었다.

'아, 이놈 진짜 끈질기네.'

정면 승부론 질 거 같으니까.

드래곤 지원군을 부르면서, 어떻게든 버텨 보겠다 이건가?

성지한이 이놈을 어떻게 끌어내야 할지, 고민하고 있을 때.

지이이잉…….

성지한의 오른손등에 박힌 눈에서, 빛이 피어올랐다.

[내가 도와주겠다.]

"……네가?"

[애완동물은, 주인의 소리에 반응하는 법이지…….]

5장

5장

성지한은 그 말에 눈을 크게 떴다.

드래곤 로드를 애완동물이라고 칭할 수 있는 존재는.

'적색의 관리자밖에 없다.'

태양왕과 드래곤 로드, 두 대성좌를 각기 제자와 탈것으로 거느렸다는 적색의 관리자.

그 정도는 되어야, 드래곤 로드에게 애완동물이라 칭할 수 있겠지.

한데.

'예전에 관리자의 손은 드래곤 로드에게 그렇게 강제력을 보여 주진 못한 거 같은데.'

사실 관리자의 손에 비하면, 눈동자의 존재감 자체는 옅었다.

스탯 수치상으로도, 관리자의 손을 몸에 이식했을 땐 적이 300이 오른 데 반해 눈동자는 100밖에 오르지 않았으니까.

하나 막상 메시지를 보니까.

본체, 본체 거리던 손보다는, 뭔가 말도 똑바로 하고 똑똑해 보였다.

'흠…… 이놈이 적색의 관리자에 한층 더 가까운 존재 같은데.'

적색의 관리자와 모종의 연관이 있어 보이는, 아레나의 주인.

그에게서 받은 눈이, 하필 타이밍 좋게 지금 존재감을 드러내고 있었다.

드래곤 로드의 존재가 감지되지 않아, 곤란하긴 하지만 눈알의 말을 따라도 되나.

성지한은 잠시 고민했지만.

'일단 방법은 들어봐야겠군.'

여차하면 청으로 대처 가능하니, 말이나 들어보자고 마음을 먹었다.

"애완동물을 어떻게 부르자고?"

[저 심장에 손을 가져다 대면 된다. 적을 발현하면, 그 이후에는 내가 짐승에게 명을 내리겠다.]

방법 한번 간단하군.

성지한은 눈이 박힌 오른손을 심장에 가져다 대고, 적

색의 불길을 피워 올렸다.

그러자.

위이이잉…….

거대한 붉은 보석에 빛이 번뜩이며.

[엎드려 주인을 맞이하라, 짐승이여.]

그 안에서 강렬한 목소리가 울려 퍼졌다.

그러자.

펑! 펑!

사방에서 드래곤의 알이 깨져 나가면서, 용의 기운이 뭉치고.

[이, 이 목소리, 거기에 이 강제력은…… 설마 주인?]

스으으으…….

곧 뱀 형상을 한 드래곤 로드가, 땅에서 서서히 모습을 드러냈다.

예전에 토너먼트에서 본 아바타 형상의 머리보다, 크기가 어째 더 작은 드래곤 로드.

성지한은 처음에 그 모습을 보고 저것도 본체가 아니라 분신의 일종인가 싶었지만.

[내 몸 크기마저 예전처럼 작아지다니…… 주인의 권능, 아직도 내게 통용되는가…….]

드래곤 로드가 심장 쪽을 바라보며 혼란스러운 심정을 드러내자, 저게 본체임을 알 수 있었다.

'효과 바로 나오네.'

이 눈알이 그렇게 호언장담하던 이유가 여기 있었군.

성지한은 모습을 드러낸 드래곤 로드에게 공격을 가하려 했지만.

[주인, 아니 관리자여…… 나는 그때의 내가 아니다! 이제는 네 명령, 거역할 수 있다……!]

펑!

뱀의 형상이 폭발하더니, 또다시 모습이 사라졌다.

'아, 이 자식 또 도망쳤네.'

뭔 드래곤 로드란 작자가, 할 줄 아는 게 도망밖에 없냐.

진심 짜증 나네.

이런 감정은, 성지한만 느끼는 게 아닌지.

-뭔가 말은 거창하게 거역한다고 했는데…….

-결국 하는 건 또 도망치는 건가;

-드래곤 로드 대성좌 맞아요? 왜 이렇게 튀기만 함?

-아까 실버 드래곤 모아서 브레스 쏜 게 준비한 전부였나 봐…….

-애는 진짜 대성좌 간판 떼야 하는 거 같음.

보는 시청자들도 드래곤 로드의 도주에 짜증을 내고 있었다.

하나.

[주인을 태워야 할 짐승이 쓸데없는 발악을 하는군.]

성지한의 손등에 박힌 눈은, 상대의 도주를 같잖다는
듯 평가하며.

[심장에 아까처럼 적을 발현시켜라. 이번엔 좀 더 강하
게 호출하겠다.]

성지한에게 아까와 동일하게 힘을 써 줄 것을 요구했다.

"……좋아."

스으윽.

성지한이 다시 한번 심장에 손을 뻗어 적을 발현하자.

[체벌이 필요하겠구나. 짐승이여.]

이번엔 성지한의 오른손이 저절로 움직이며, 드래곤 로
드의 심장을 움켜쥐었다.

콰드드득!

금방 깨져 나가는, 로드의 심장 조각.

그리고.

[크아아악……!]

대지에서 비명 소리가 들리더니, 알들이 일제히 폭발하
기 시작했다.

마치 알과, 심장 조각이 연계라도 되는 것 같은 모습.

[나오너라.]

콰직!

성지한의 손이 깨진 심장을 헤집자.

스으으으…….

깨진 알 사이로 연기가 자욱해지더니, 대지에 뱀 형상

의 드래곤 로드가 다시 모습을 드러냈다.

온몸에 구멍이 송송 뚫린 채, 피를 철철 흘리고 있는 뱀.

[어째서 아직도 그의 통제를 받는가…….]

거대한 뱀은 길쭉한 동공으로 하늘을 멍하니 바라보고 있었다.

적색의 관리자의 애완동물 취급을 받았던 드래곤 로드.

그가 사라진 이후, 절치부심해서 용족을 부흥시키고 세력을 확장하고.

급기야는 대성좌까지 올랐지만.

막상 옛 주인의 음성이 몇 번 울려 퍼지자, 지금까지 쌓아 온 힘은 온데간데없이 사라지고.

빈사 상태가 되어 버렸다.

[난, 분명 벗어난 줄 알았는데…….]

[심장을 떼어 알로 뒤바꾸고, 이것으로 세력을 확장했는가.]

[그걸, 주인. 아니 네가 어떻게…….]

[내가 생각한 설계 그대로다. 너는 그 오랜 세월 동안, 나의 설계에서 한 발자국도 진화하지 못했구나.]

[…….]

성지한은 그 말에 아래를 내려다보았다.

저 끝도 없이 생성되어 있는 알이 죄다 드래곤 로드의 심장 조각이었다고?

'그러니까 좀 부쉈다고 레벨이 오른 건가.'

성지한은 그렇게 생각하며 조금 전 떠올랐던 시스템 메시지를 바라보았다.

[레벨이 8 오릅니다.]

눈이 본격적으로 로드의 심장을 헤집고, 알들이 다 터져 나갈 때쯤 폭발적으로 올랐던 레벨.

드래곤 로드에게 쳐들어오고 얼마 지났다고, 레벨은 10이나 올라 있었다.

이러다가 레벨이 17만 더 오르면, 진짜 성좌 되어 버리는데.

'빨리 끝내자.'

성지한은 모습을 드러낸 드래곤 로드를 제거하기 위해, 검을 들었다.

그리고 그에게 나아가려 할 때.

[성지한. 네게 이야기할 것이 있다.]

"이야기?"

심장을 붙들고 있던 눈에서 음성이 흘러나왔다.

[넌, 이제 곧 죽는다.]

* * *

"내가 곧 죽는다니…… 그게 무슨 말이지?"

[말 그대로다.]

화르르륵……!

반파된 드래곤 로드의 심장에서 불길이 피어오르자.

땅바닥에 쓰러져 있던 드래곤 로드의 뱀 머리가, 갑자기 벌떡 일어서서.

허공에 떠 있는 성지한에게로 접근했다.

뱀의 것처럼 길쭉했던 동공은, 어느새 붉은 눈으로 변한 채로.

'저건…….'

성지한의 손등에 있는 것과 크기는 압도적으로 차이가 나지만.

모양새는 똑 닮은, 붉은 눈동자.

'……적색의 관리자가, 설마 장악한 건가? 드래곤 로드의 육체를.'

관리자의 손과는, 확실히 다르군.

성지한은 왼손에 소환한 이클립스에, 공허를 밀집시켰다.

그러며 여차하면, 태극마검을 사용해야겠다고 마음먹었을 때.

[너는, 공허를 너무 많이 사용했다.]

드래곤 로드의 눈은, 성지한의 검과.

그의 얼굴을 번갈아 살폈다.

[지금처럼.]

"……그래서 죽는다는 거냐?"

[공허는, 결국 생명을 끝으로 인도하는 힘.]

스으윽.

[이는 우주에서 단둘. '상시 관리자'를 제외하고는 그 누구도 피할 수 없다.]

"그런가, 적색의 관리자 당신도?"

성지한이 드래곤 로드의 눈을 보면서 상대를 '적색의 관리자'라고 지칭하자.

-뭐?

-저게 적색의 관리자라고…….

-드래곤 로드 눈이 순식간에 바뀌긴 했음.

-뱀이 부질없이 반항하다가, 몸을 빼앗긴 거 같긴 하네.

-근데 성지한이 뭐라고 잠적했던 적색의 관리자가 이렇게 모습을 드러내냐 갑자기;

인류보다 외계의 시청자 쪽에서 놀란 반응이 터져 나왔다.

배틀넷의 관리자 중 가장 유능했으며, 임기가 끝나고도 관리자 권한을 반납하지 않고.

아직까지도 잠적 중이었던 적색의 관리자.

그 신화적인 존재가 모습을 드러냈다고 하자, 외계의

시청자 숫자가 순식간에 무신과 싸울 때.

그 이상으로 늘어나고 있었다.

물론.

[나는 관리자의 기억이 일부 담긴 파편에 불과하다. 오히려 적색의 관리자에 가장 가까운 건 너다, 성지한.]

상대는 자신이 적색의 관리자라는 걸 부인하긴 했지만.

성지한은 이에 피식 웃음 지었다.

지금 드래곤 로드를 명령 몇 번 해서 순식간에 제압해 놓고는, 이쪽이 적색의 관리자라고 하네.

"뭐 그래. 관리자의 파편, 그래서 하고 싶은 말은 뭔데?"

[성지한, 살고 싶지 않은가?]

파스스스……

그 말이 끝나자마자, 드래곤 로드의 얼굴 반쪽에 금이 갔다.

공허만 보이지 않았을 뿐.

박살 난 모습 자체는, 마치 지금 성지한의 얼굴에 그려진 양상과 비슷했다.

[널 잠식한 공허를 초월하기 위해선, 상시 관리자가 되어야 한다.]

"사람 잘못 봤군. 그렇게 내가 삶에 집착하는 사람이었으면, 투성에서 진작 버튼 눌렀겠지?"

[그건, 잘 알고 있다……]

거대한 뱀의 머리가 위아래로 천천히 움직였다.

[그래서, 네게 새로운 선택지를 제시하겠다.]

"새로운 선택지……."

[이 몸을 베어라.]

스으으윽…….

드래곤 로드의 머리가 한층 더 성지한에게로 다가왔다.

이제는 검을 뻗으면, 바로 닿을 만한 거리.

굳이 태극마검을 전력으로 펼치지 않아도, 이 정도 거리면 상대를 쉽게 죽일 수 있을 것 같았다.

[그리고, 임시 관리자가 되어 적색을 택하라.]

"거기서…… 적색을 택하라고?"

[그렇다.]

임시 관리자가 되면, 색깔을 고를 수 있는 건가?

성지한은 상대의 이야기를 듣고는 반문했다

"근데 적색은 네가 관리자 권한 들고 도망가서, 선택할 수 없는 거 아니냐?"

[다른 이는 못하지만, 너는 선택할 수 있다. 너도 적의 일부분. 그중에서도 핵심 중추니까.]

"……."

자신이 이번 대의 심장이라더니.

저놈도 저렇게 핵심 중추라고 강조하는 거 보면, 확실히 이건 맞나 보네.

성지한이 고개를 끄덕이자, 적색의 관리자는 그를 설득했다.

[네가 적을 택한다면, 굳이 저번처럼 인류를 없애지 않아도 된다. 그 안에 있는 적의 인자를, 임시 관리자에 있는 네가 흡수시키면 되니까.]

"그렇게 쏙 빼먹는 게…… 가능하다고?"

['우리'는 가능하다. 임시 관리자가 되어, 적을 택한다면. 방법이 생긴다.]

화르르륵!

드래곤 로드의 머리가 불타오르고.

[그러면, 공허에 잠식된 육신을 되돌릴 수 있으며.]

곧 반파되었던 머리 반쪽이, 다시 원래대로 되돌아왔다.

[우리는 3번째로 상시 관리자에 오를 것이다.]

이거.

버튼 때보다는, 조금 더 구미가 당기는 설득이군.

성지한이 가만히 이를 듣고 있자.

[우주수 이그드라실이 저 말에 속지 말라고 급히 말합니다.]

[적색의 관리자가 되면 결국 저 존재에게 장악당할 게 뻔하다며, 간악한 혀 놀림에 넘어가지 말라고 합니다.]

[그러며 심장은 그저 박동할 뿐, 실질적인 제어는 뇌가 할 것이라고 경고합니다.]

녹색의 관리자 쪽에서 급히 메시지가 올라왔다.

적을 택하면, 이쪽이 상시 관리자에서 탈락하니 마음이 급해진 거군.

"이그드라실은 그렇다는데?"

성지한이 그리 말하자.

[설마 엘프를 믿나?]

적색의 관리자는 이에 간단히 반문했다.

그야 당연히, 저쪽은 믿지 못하지만

'그건 이놈도 마찬가지지…….'

성지한은 두 눈을 번들거리는 드래곤 로드를 바라보다가.

"일단은, 대성좌부터 죽이지."

검을 든 왼손을 움직였다.

푹!

이클립스가 드래곤 로드의 머리를 관통하고.

[대성좌 '드래곤 로드'를 제압했습니다.]

업적이 클리어되었다.

*   *   *

[성좌 후보자 상태에서, 대성좌를 제압했습니다.]

[불가능한 업적을 클리어하여, 임시 관리자가 될 수 있

는 자격을 획득합니다.]

'불가능한 업적이라고 이야기는 하지만, 나한텐 막상 생각보다 쉬웠네.'

대성좌 드래곤 로드.

분명 그는 강한 존재긴 했지만, 무신과 일전을 치른 성지한에게는 상대가 되질 않았다.

그도 이를 잘 알아서, 이런저런 핑계를 대고 소환하지 않으려다.

결국 심장까지 보여 주자 함정 파 놓고 소환했지.

녹색의 관리자까지 개입해 준비했던 아이스 브레스는, 스탯 청이 없었다면 꽤 발목을 잡을 만한 함정이었지만.

그게 분쇄된 이상, 드래곤 로드와의 전투는 사실상 결판난 거나 마찬가지였다.

문제라면 드래곤 로드가 체면 다 버리고 무한정 도주를 해서, 시간이 끌리는 거였는데.

'적색의 관리자 덕에 일은 쉽게 끝났다만.'

이제 앞으로가 문제군.

성지한이 잠시 메시지를 지켜보고 있자니.

[기존 관리자가 플레이어의 임시 관리자 자격을 두고 투표를 시작합니다.]

번쩍!

한차례 섬광이 터져 나오며, 성지한의 주변 세상이 뒤바뀌기 시작했다.

[흑색의 관리자가 의지를 내보입니다.]

[백색의 관리자가 의지를 내보입니다.]

가장 먼저 눈에 띄는 변화는, 세상을 반으로 나눈 흑백의 대조.

드래곤 로드의 행성을 비추던 태양의 빛은 어느새 사라지고.

성지한의 왼편은 빛 한 점 없는 완연한 어둠으로 물들어 있었다.

이와는 대조적으로.

오른편에는, 새하얀 빛이 세상을 완전히 빛내었다.

관리자가 의지를 보였단 메시지만 떴는데, 단번에 뒤바뀐 세상.

'압도적이군.'

성지한이 상시 관리자의 힘을 간접적으로 느끼며 상대가 격이 다름을 느꼈다.

저들이 마음만 먹으면, 여기서 바로 몸이 반으로 쪼개지겠는데.

'근데 기존 관리자라고 했으니, 녹색도 와야 하지 않나?'

그가 팔짱을 낀 채, 가만히 생각하고 있을 때.

[녹색의 관리자의 분신이 강림합니다.]

스스스…….
성지한의 눈앞에서, 녹색 나뭇잎 하나가 떠올랐다.
흑색과 백색은 의지를 내보인 데 반해, 저쪽은 강림했다고 뜨는데도.
녹색의 관리자의 존재감은 극도로 미약했다.
빛과 어둠이 마음만 먹으면 그대로 없애 버릴 수 있을 정도로.
그리고.
슈우우우…….
나뭇잎에서, 녹색의 빛이 퍼지더니.
"역시 흑백의 관리자께선 대단하시네요."
성지한이 예전에 보았던, 녹색 머리의 엘프.
이그드라실이 그의 눈앞에 떠올랐다.
"애써 분신을 보내 봤자, 상시 관리자의 의지에 완벽히 밀려 버리니 말이에요."
이렇게 세 관리자가 모두 모습을 드러내자.

─어…… 이거 설마…….
─관리자로 선정되는 건가? 대성좌를 꺾었다고?

-예전에 성좌 후보자 상태에서 대성좌를 제압하면 관리자가 될 수 있단 소문 듣긴 했는데…….

-와 이걸 생중계로 보네 미쳤다;

-아니 어떻게 인간 따위가 관리자가 돼…….

성지한의 배틀튜브는 폭발적인 반응을 보였다.

[배틀튜브 동시 시청자 신기록을 경신했습니다.]

관리자의 총출동으로, 신기록을 경신했다는 메시지까지 보게 된 성지한은.

여기에서 시선을 돌려, 이그드라실을 바라보았다.

"그쪽은 왜 분신까지 파견했지?"

"왜 왔겠어요?"

그의 물음에, 이그드라실이 입가에 미소를 지었다.

"당신이 적색과 결탁하는지 이 두 눈으로 직접 살피러 왔죠."

"결탁하면?"

"그럼…… 적극적으로 반대표를 던질 겁니다."

그러고 보니, 이거 투표였지.

"애초에 임시 관리자가 되는 방법, 네가 가르쳐 준 거 아니었나? 언제는 적극적으로 돕겠다더니, 역시 말이 바뀌는군."

"어머, 전 원래 도우려 했답니다. 하지만…… 숨어 있던 적색의 관리자가 흔적을 드러낸 이상, 모든 변수에 대비해야 해요."

"그래? 그런데 이 투표…… 어차피 다수결 아니었나?"

성지한은 양 옆을 바라보았다.

"어차피 네가 반대해도 두 상시 관리자가 동의하면 끝일 텐데."

"두 분이 모두 동의하실 리…….""

[플레이어 성지한의 '임시 관리자' 선정을 찬성한다.]

[플레이어 성지한의 '임시 관리자' 선정을 찬성한다.]

"……가 있네요. 이런."

이그드라실은 표정을 찌푸렸다.

다수결로 이루어지는 임시 관리자 선정.

현재 배틀넷에서 관리자는 총 셋이니.

이미 두 표가 나온 이상, 성지한의 임시 관리자 선정은 막을 수가 없었다.

"좋아요! 저도 찬성할게요."

"이제 와서?"

"대세에 얹혀 가야죠."

하여간, 뻔뻔하기 짝이 없군.

이그드라실은 언제 얼굴 찌푸렸냐는 듯, 생글생글 웃으

며 성지한을 설득했다.

"뭐 이왕 이렇게 된 거…… 색, 잘 선택하세요."

"알아서 할 테니 신경 꺼라."

"제가 지구 위치 아는 거 알죠?"

탁.

이그드라실이 손가락을 튕기자.

여기저기에서 화면이 떠올랐다.

"세계수 연합의 주력 부대, 출동 준비가 끝났습니다. 당신이 적을 선택하는 순간, 인류는 말살될 거예요."

"그렇게 협박하면 적을 선택하고 싶어지는데."

"저, 진심입니다. 적색의 관리자가 저보다 상시로 올라서면, 저에겐 더 이상 기회가 없거든요."

"왜, 그놈이 너도 상시로 끌어와 줄 수도 있잖아?"

"하. 퍽이나 그러겠네요."

성지한의 말에 코웃음을 친 이그드라실은.

화면을 가리키며 다시 한번 주의를 주었다.

"그러니 현명한 선택 하길 바랄게요. 안 그러면 인류뿐만이 아니라, 지구가 사라질 수도 있어요."

이젠 인류를 넘어서, 지구까지 없애 버리겠다는 녹색의 관리자.

수십 개 떠오르는 화면 속에서 출전을 준비하는 엘프의 전력은.

행성 파괴까진 몰라도, 인류는 멸망시키기 충분해 보였다.

하지만.

[개입하지 마라. 이그드라실.]

[모든 것은, 그의 선택에 맡겨라.]

흑백의 관리자가 각기 의지를 표명하자.

스으으으…….

이그드라실이 떠올린 화면 중, 절반은 어둠에 잠식되고.

절반은 빛에 물들었다.

"어…….".

그리고 화면에서 빛과 어둠이 사라지자.

이그드라실의 주력 부대는, 완전히 소멸해 있었다.

-와 한방에 전멸했네.

-역시 상시 관리자…….

-이그드라실이 너무 까불었지;

-세계수 연합 지니고 있다고 해도 진짜 절대자에겐 안되는구나.

-졸지에 엘프들 전력 팍 깎였네.

상시 관리자가 보인 힘을 보고, 외계의 시청자들이 감탄하는 사이.

"……죄송합니다. 가만히 있겠습니다."

이그드라실은 고개를 숙인 채, 입을 굳게 다물었다.

'이것 참, 손 안대고 코 푼 격이군.'

흑백의 관리자.

무슨 생각인지는 모르겠지만, 이쪽에 그렇게 적대적인 거 같진 않네.

성지한은 그리 생각하고 있을 때.

[플레이어 성지한이 임시 관리자로 선정되었습니다.]
[관리자를 상징하는 색을 선택하세요.]

반짝…….

성지한의 눈앞에, 세 가지의 빛무리가 떠올랐다.

적과 청.

그리고 녹색이.

* * *

－어…… 이제 색 고르는 거야?

－나온 게 딱 RGB넼ㅋㅋ

－성지한이 새로운 관리자가 되었는데 새로운 색깔은 청색밖에 없네.

－적색은 그래도 없어졌으니 그렇다 치는데, 녹색은 왜 나왔음?

－그러게 녹색의 관리자는 눈앞에 있잖아;

임시 관리자가 선택할 수 있는 세 가지 색.

이 리스트 중, 녹색이 포함되어 있자 시청자들은 의아함을 표했고.

반성모드에 있던 이그드라실은 다급한 표정으로 고개를 번쩍 들었다.

"저…… 대체 이게 뭐죠? 왜 녹색이 있죠?"

"글쎄다. 내가 아냐?"

성지한은 고개를 갸웃했다.

적과 청이 나올 거라곤 예상했는데, 녹색은 왜 튀어나온 거야.

'설마 스탯 영원이 있어서 그런 건가?'

어째 걸리는 건 그거밖에 없는데.

성지한이 왜 이 색깔이 나왔는지 의아해하고 있을 무렵.

"서, 설마. 아까의 잘못으로…… 임기가 끝난 겁니까?"

이그드라실은 빛과 어둠을 번갈아 바라보며, 애처로운 목소리로 물어보고 있었다.

[네 임기는 아직 남아 있다.]

[그가 녹색을 택해도, 네가 대체되진 않을 것이다.]

하지만, 그건 아니라고 딱 잘라 이야기해 주는 흑백의 관리자.

-에이 아쉽네 ㅋㅋㅋㅋ

─녹색 택하고 세계수 연합 꿀꺽하면 대반전이었을 텐데…….

─만약 그렇게 되었으면 인류가 엘프 지배할 수 있었겠네 까비.

─뭔 소리여; 왜 인류가 지배해 성지한이 지배하는 거지.

세계수 연합 지배 기회가 사라진 걸 사람들이 아쉬워하는 사이.

"대체되지…… 않는다구요?"

죽상이던 이그드라실의 얼굴은, 급격하게 밝아지고 있었다.

"녹색의 관리자가, 그럼 둘이 될 수도 있다는 이야기인데……."

자리를 뺏기지 않은 것에 대한 안도를 넘어서서.

이그드라실은 새로운 가능성을 발견하곤 눈을 빛냈다.

"성지한, 녹색을 택하세요!"

"……내가 왜?"

"만약에. 두 명이 된 녹색의 관리자가 서로 결합하게 된다면…… 우린 상시 관리자로 올라설지도 모릅니다!"

착!

그러면서, 이그드라실은 자신의 가슴에 손을 얹었다.

"반려께, 정식으로 제 자신을 소개하겠습니다. 저는 이그드라실. 세계수 연합의 지배자이자, 2484개 행성의 소유주이며. 우주에서 3번째로 부유한 '녹색의 관리자'입니다."

"……벌써 반려냐?"

"성지한 님. 당신께서는 몸만 오시면 됩니다. 신혼살림은 제가 다 마련할 테니까요!"

ー알고 보니 와이프가 우주 대재벌?

ー어…… 나쁘지 않을지도…….

ー뭔 소리야 남편 잡아먹으려고 하잖아;

ーㅇㅇ 결합해야 상시 관리자가 된다며 결합이 뭘 의미하겠음?

'뭐긴 뭐겠어. 나 잡아먹겠다는 거지.'

성지한은 눈앞에서 두 눈을 초롱초롱 빛내는 이그드라실을 보며 미간을 찌푸렸다.

차라리 녹색 빛 나오지나 말지.

괜히 나와서 위험한 존재에게 주목을 사버렸네.

"제 반려가 된다면, 당신의 모행성 지구를 우주에서 제일가는 낙원으로 만들도록 할게요. 그리고 인류에게는 모두 엘프가 될 기회를 제공하구요!"

"야, 시끄러워. 선택할 테니 조용히 좀 해 봐."

"아, 잠시만요. 좀 더 어필할 시간을……!"

성지한은 이그드라실이 떠드는 걸 무시하곤, 눈앞의 세

빛무리를 바라보았다.

'여기서 가장 위험한 순서는 녹색, 적색, 그다음이 청색이겠군.'

적색과 녹색.

둘 다 위험하긴 했지만, 아무래도 적색보단 현역인 녹색의 관리자 쪽이 더 위험해 보였다.

적색은 그래도 좀 반항할 건덕지라도 있지.

저쪽은 진짜 녹색 고르자마자 융합한다고 나올 거 같단 말이지.

'쟤가 입 더 털기 전에, 청으로 가자.'

성지한은 애초의 다짐대로, 청을 고르기로 마음먹고.

청색 빛무리를 향해 손을 뻗었다.

"아, 거기 말고 옆이라니까요……!"

그걸 보고 이그드라실이 안타까운 듯, 소리를 질렀을 때.

[역시, 적을 택하지 않으려 드는가…….]

번뜩!

성지한의 오른손등에서, 적색의 눈이 빛을 반짝였다.

[내가 널 올바른 길로 인도하겠다. 심장이여.]

관리자들이 존재감을 드러내자, 사라졌던 드래곤 로드의 머리.

그와 함께 적색의 관리자의 눈도 감기며 힘을 잃은 듯했지만.

이는 단지 맹수가 발톱을 숨기고 있을 뿐.

결정적인 선택의 순간에, 적색의 관리자는 성지한의 몸을 지배하여 적을 택하려 들었다.

화르르륵……!

적색이 안에서 움직이며, 성지한의 육신이 불타오르자.

"적색의 관리자…… 너, 지금 내 남편한테 무슨 짓이지?!"

이그드라실이 두 눈에 살기를 담으며, 강렬한 기운을 뿜어냈다.

[남편? 잡아먹을 생각만 하는 암사마귀가. 끔찍한 소리 하지 마라.]

"잡아먹긴 뭘 잡아먹어? 융합할 거거든?"

[그게 똑같은 소리다.]

서로 강렬한 적의를 드러내는 둘.

두 관리자의 기운이 부딪치려는, 일촉즉발의 때.

흑백의 관리자는, 이 상황엔 개입할 생각이 없는지 가만히 이를 지켜만 보고 있었다.

적이 이기던, 녹이 이기던 저들은 상관이 없는 건가.

'그럼, 청색을 골라야겠군.'

스으으…….

성지한의 왼발치에, 푸른빛이 반짝이고.

[이건…….]

적색의 눈에서, 처음으로 당혹한 음성이 흘러나왔다.

한 번 본격적으로 움직이자.

적색의 지배를, 순식간에 해제시키는 청의 기운.

"둘 다 좀 꺼져."

적색의 관리자에게서 몸을 쉽게 되찾은 성지한은, 청색의 빛무리를 움켜쥐었다.

그러자.

[상징색으로 청색을 선택했습니다.]

[임시 관리자, '청색의 관리자'가 되었습니다.]

상징색을 확정 짓는, 메시지가 떠올랐다.

* * *

청색의 관리자.

비록 임시 타이틀이 달려 있었지만, 관리자가 되자마자 성지한의 몸에는 눈에 띄는 변화가 생겼다.

먼저.

[플레이어가 성좌의 규격을 뛰어넘었습니다.]

[성좌 모드가 사라지고, 관리자 시스템이 대신 나타납니다.]

[임시 관리자입니다. 시스템 접근 권한이 대폭 제한받

습니다.]

성좌 모드가 사라지고, 관리자 시스템으로 대체되었다.

임시 딱지가 붙어서 사용할 수 있는 권한이 적다고는 했지만.

'성좌 모드를 켰을 때보다 훨씬 강해진 느낌이 나는군.'

레벨 10 대성좌도 뛰어넘는 관리자라 그런지.

성지한이 성좌 모드를 키면서 싸울 때보다, 능력 전반이 대폭 상승해 있었다.

그리고 그렇게 강화가 되고 나니.

'……관리자들이 얼마나 괴물인지도 보이네.'

눈앞, 녹색의 관리자뿐만 아니라.

빛과 어둠으로 갈라진 흑백의 관리자의 의지에도 감히 측정할 수 없는 힘이 내포되어 있었다.

아무리 성지한이 이들과 같은 '관리자' 이름은 얻었다곤 하나.

오히려 성좌 후보자 시절엔 아예 파악하지 못했던 힘의 격차가.

관리자가 되니 확 체감이 되었다.

'뭐, 애초에 내가 임시 관리자가 된 건. 저들을 따라잡기 위해서는 아니니까.'

그렇게 저들과 어깨를 나란히 할 정도로 강력한 존재가 되고 싶었다면, 적을 택했겠지.

성지한이 청색을 고른 이유는 어디까지나 전 인류에 내포되어 있는 적의 인자를 없애기 위함이었다.

그리고 이렇게 청색의 관리자가 되자.

파스스스……

스탯 청이 성지한의 손등에 모이며, 본격적으로 적색의 관리자를 제압하기 시작했다.

[청색의 관리자라니…… 이 힘, 온전히 나를 제압하는 권능이구나……! 어찌 이런 걸 네가…….]

푸른빛에 잠기더니, 순식간에 스탯 청에 대한 것을 알아채는 적색의 관리자.

그는 이 힘에 반항해 보려고 안간힘을 썼지만, 푸른빛이 다시 한번 그를 뒤덮자 존재 자체가 사라졌다.

그리고 이에 더 나아가, 성지한 내부의 스탯 적까지 없애려 드는 청의 기운.

'이건 남겨 두자.'

하나 성지한은 이를 일단 가지고 있기로 했다.

성지한의 의지대로, 완벽히 컨트롤되는 청은.

적과 몸 안에서, 불편한 동거를 시작했다.

"청색의 관리자…… 지금 상황만 보면, 적과 상극인 힘인 것 같군요."

성지한이 그렇게 적색의 관리자를 없애자.

이그드라실은 눈을 반짝이면서 성지한을 바라보았다.

"녹색을 안 골라서 안타깝지만, 최악의 결과는 아니네

요. 청색의 관리자님."

"꽤 좋아하는 눈치군."

"적과 청이 피 터지게 싸우면 저야 좋으니까요. 건투를 바랄게요. 적색의 관리자, 확실히 뿌리 좀 뽑아 주세요."

이그드라실 입장에서야, 녹색을 안 고른 게 아쉽긴 해도.

청색의 관리자가 적색은 확실히 견제해 줄 거 같으니, 이 정도면 차선의 결과라 할 수 있었다.

[청을 골랐는가.]

[너의 선택을 존중하겠다.]

한편.

흑백의 관리자는 성지한의 선택에 대해 크게 코멘트를 하지는 않고.

스으으으…….

빛과 어둠을 서서히 거둬들이고 있었다.

확실히 상시 관리자라 그런지, 적과 녹보다는 감정적이지 않네.

성지한은 사라지는 두 관리자의 의지를 지켜보다가.

'아, 맞다.'

어둠이 있는 곳을 향해 입을 열었다.

"흑색의 관리자께 질문이 하나 있습니다만."

스으으.

그 말에 사라지던 어둠이 멈추자.

"적색의 관리자는 아레나의 주인에게서 나왔습니다. 정확히는, 그의 얼굴에서 나왔죠."

"뭐?"

"흑색의 관리자께서는 이에 대해 혹시 아시는 바가 없으신지요."

성지한은 눈을 준 아레나의 주인에 관해 이야기했다.

그놈 덕에 드래곤 로드의 심장도 얻어, 여기까지 올 순 있었지만.

'스탯 청이 아니었으면, 마지막에 적색의 관리자의 제어를 이겨 내지 못했을 거야.'

그럼 아까 상황에서 붉은빛을 고르고, 적색의 관리자가 되어 버렸겠지.

조금 전, 적색의 관리자가 깃든 눈이 사라지긴 했지만.

성지한은 아레나의 주인 얼굴에서 빛나던 붉은빛이 꽤 남아 있음을 떠올렸다.

그쪽에서 또 허튼짓을 하기 전에, 흑색의 관리자에게 이런 일을 알고 있냐고 확인을 받아야지.

[그가…… 그랬는가?]

스으으으…….

멈췄던 어둠 속에, 보랏빛 소용돌이가 피어오르고.

[공허의 존재가, 끝을 받아들이지 못하다니.]

소용돌이 위에, 원형의 경기장 모형이 떠오른다 싶더니.

보랏빛이 순식간에 이를 잠식했다.

그러자.

[스페이스 아레나가 임시 폐쇄됩니다.]
[아레나의 경기가 무기한 연기됩니다.]

순식간에, 스페이스 아레나가 봉쇄되었다.

-으잉?

-뭐야; 왜 폐쇄야.

-지금 이야기 들어 보면 아레나의 주인이 관리자 배신
때린 거 같은데?

-걔가? 대체 왜…… 아레나의 주인, 공허 최상위 서열
이잖아.

-끝을 받아들이지 못했다고 말한 거 보면, 죽기 싫어
서 적색의 관리자랑 결탁한 거 아닐까.

-헐; 아레나의 주인 엄청 오래 살지 않았음?

-오래 산다고 더 살기 싫은 건 아니지…….

공허의 최상위 서열, 아레나의 주인.

그가 적색의 관리자를 도운 이유는, 단지 죽기 싫어서
였나?

"수명 대체 얼마나 남았다고 저런 거지?"

"아레나의 주인 정도면…… 당신네 기준으론 5천 년 정도일 거예요."

"……5천 년 더 남았으면 아직 여유 많은데?"

거기에 지금 기준에서 5천 년 남은 거니까.

아레나의 주인이 최초로 적색의 관리자랑 결탁한 시점으로 보면.

그땐 수명이 훨씬 더 많이 남아 있었을 것이다.

근데도 뭐 그때부터 죽을 걱정을 해서, 적색의 관리자랑 손을 잡아?

성지한은 이해할 수 없다는 듯 고개를 갸웃했지만.

"남은 수명은 길어도, 끝은 예정되어 있죠. 그의 생을 늘려줄 존재야 백색의 관리자나 저밖에 없는데…… 저희가 하겠어요?"

"그래서 적색의 관리자와 손을 잡았단 건가?"

"네, 적색의 관리자가 상시 관리자가 되면 아레나의 주인을 거둬들이기로 약속했나 보죠."

그러면서 이그드라실은 입가에 미소를 지었다.

"이번에 좋은 거 배웠네요. 공허의 존재도 남은 수명으로 흔들면, 넘어올 수 있다."

"설마 포섭할 생각인가?"

"에이, 지금은 그럴 분위기가 아니죠."

스윽.

스페이스 아레나가 공허에 잠식된 걸 곁눈질한 이그드

라실은, 성지한에게 손을 흔들었다.

"그럼 이만 가 볼게요, 후배님."

후배라.

임시 관리자로 들어왔으니, 뭐 회사로 치면 인턴쯤 되는 건가.

"선배께서 가기 전에, 관리자로서 팁을 주지 그래?"

"팁요? 음, 좋아요. 알려 줄게요."

"오, 진짜?"

"후배님이 적색의 관리자를 제대로 견제해 줬으니까요. 그 보답이라 생각하세요."

이그드라실은 그리 말하며, 팔짱을 끼곤 성지한을 위아래로 훑어보았다.

"우리 후배님, 관리자가 되었는데도 생각보다 별로 안 강해졌네. 이런 생각 들지 않나요?"

"……뭐, 그렇지?"

성지한 자신이야 성좌 모드가 관리자 시스템으로 뒤바뀌며, 상당히 강해진 걸 체감하긴 했지만.

관리자의 시선에서 볼 땐, 아직도 영 약한가 보군.

성지한이 장단에 맞춰 주기 위해 태연히 고개를 끄덕이자, 이그드라실이 말을 이었다.

"그건 후배님이 고른 상징색, '청'과 관련된 능력이 아직 약해서 그래요. 청색과 관련된 능력을 강화해야, 관리자의 힘도 강해질 거예요."

"청을 강화하란 건가."

"네, 후배님의 능력, 적과 상극인 거 같은데……."

이그드라실이 양 손바닥을 펴자.

한쪽에는 청색의 빛무리, 한쪽에는 적색의 불꽃이 떠올랐다.

그리고 이를 합치자, 청색 빛무리에 휘감겨 불꽃이 진화되었다.

조금 전 성지한이 적색의 눈을 지웠던 것과, 흡사한 모습.

"불을 끄는 진화 작용은 확실히 돋보이지만. 청의 능력에서 그 이상의 것을 발견해야 관리자의 힘도 발전할 겁니다."

"그래…… 충고 고맙군."

"뭘요. 당신이 활약해 줘야 적색 놈이 뿌리 뽑히죠."

이이제이는 확실히 하겠다 이거네.

이그드라실은 활짝 웃으며 성지한에게 손을 흔들었다.

"그럼 후배님, 다음에 봐요."

"그래, 가라."

스으으…….

그렇게 이그드라실의 모습이 사라지자.

[청색의 관리자여.]

[관리자 선정이 끝났으니, 너의 세계로 돌아가도록 하라.]

번쩍!

오른쪽에서 빛이 반짝이더니.

성지한의 눈앞에, 새하얀 포탈이 생겨났다.

백색의 관리자가 마련해 준 건가.

'금륜적보 쓰려고 했는데, 1개 아끼겠군.'

성지한은 고개를 끄덕이곤, 포탈 안으로 발을 디뎠다.

그러자.

곧바로 주변 풍경이.

"엇. 사, 삼촌?"

집 안으로 변했다.

* * *

귀가하자마자, 가장 먼저 눈에 들어오는 건 소파에 누워 감자칩을 먹고 있는 윤세아.

성지한의 등 뒤, 한 벽을 가득 메우는 커다란 TV 화면에는 이 모습이 실시간으로 방영되고 있었다.

"헐…… 뭐, 뭐야. 나 지금 생중계되는 거야?"

"그러네."

"아니 지금 이 영상, 시청자 신기록 갱신한 거잖아!"

윤세아는 소파에서 벌떡 일어나서, 얼굴에 묻은 과자 부스러기를 털어 냈다.

"화장도 안 했는데! 옷차림도 츄리닝인데!"

"너 배틀튜브 킬 때도 그런 차림으로 많이 하지 않았냐?"

"그건, 사람들 상대로 한 거고. 삼촌 방송은 배틀넷 전역에서 핫한 방송이잖아."

평소에도 편한 차림으로 방송하면서, 왜 이렇게 화들짝 놀라나 했더니.

인류의 시선은 신경 안 쓰는데 정작 외계의 존재들 시선을 신경 쓴 건가?

"야, 외계인들 눈엔 그게 그거야."

"으…… 그런가?"

"너는 아까 내가 쓸어버린 드래곤 중에 누가 이쁘고 못생겼는지 보였냐?"

"아니, 뭐 그건 아니지만……."

"쟤들도 마찬가지지."

성지한 말대로.

─이 암컷이 관리자의 가족인가.

─관리자의 혈족치고는 능력이 별것 없어 보이는군…….

─몰랐나? 인류는 청색의 관리자 빼고는 뛰어난 이가 없다.

─그래도 무신의 종이었던 아소카나, 동방삭 같은 이들은 강하던데.

─아, 그들도 같이 제외해야겠군.

─셋만 빼곤 그냥 하급 종족 수준이지.

외계인들은 윤세아의 흐트러진 모습쯤이야 관심을 전혀 가지지 않은 채.

그녀의 능력을 품평하기에 여념이 없었다.

그런 채팅이 TV 화면 속에 올라오자, 윤세아는 머리를 긁적였다.

"아니, 저도 나름 이제 인류 랭킹 2위 노려볼 정도로 강하긴 한데요……."

—저런 게 랭킹 2위?

—아니 이제 랭킹 1위겠지. 청색의 관리자는 일반 플레이어 랭킹에서 제외될 테니까.

—자세히 보니 능력이 아예 없어 보이진 않다만…….

—세 명과는 비교할 수가 없군.

관리자가 탄생하는 걸 지켜보기 위해, 역대급으로 시청자가 몰렸던 성지한 방송.

여기에 모인 외계인들은, 이제 인류 랭킹 1위를 노리는 윤세아를 보고 품평하기에 여념이 없었다.

그리고 워낙 보는 눈이 높아서 그런가.

윤세아에 대한 평가는 혹평 일색이었다.

"……요즘 사람들한테서 선플만 받다가 갑자기 전우주에서 악플이 쏟아지네."

"방송 꺼 줘?"

"아, 아니야. 우리 외계인분들 분석 잘 참고해 봐야지……."

그러면서 채팅창을 오히려 두 눈 부릅뜨며 바라보는 윤세아.

-멘탈은 그래도 쓸 만하군.

-이 정도 가지고 쓸 만하다고 할 수 있나? 우주에서 욕먹는 게 무슨 대수라고.

-어차피 이 세계는 능력이 전부다. 이 인간은 종족의 한계를 벗어나지 못해.

-배틀넷에서 인류의 성적도 제자리를 찾아가겠군 이런 플레이어가 1등이면.

-그래도 청색의 관리자가 동족 어느 정도 챙겨줄 텐데, 제자리는 아닐걸?

외계인들은 그런 윤세아를 보면서 한마디씩 던졌다.

후하게 쳐 줘도 하급 종족의 에이스 정도에서 끝나는 평가.

"자, 여러분. 오늘은 여기서 끝내겠습니다."

성지한은 슬슬 마무리 지을 때임을 깨닫고, 방송을 껐다.

"역시 난 우주의 기준에선 그냥 하급 종족이구나……."

"뭐, 넌 기프트가 대기만성이잖아. 더 발전해 나가면 되지."

"맞아. 대기만성…… 랭킹 1위를 찍어도 아직 발전할 여지가 있지!"

윤세아가 자신의 기프트, 대기만성을 떠올리며 마음을 다잡고 있을 때.

'……음, 이건?'

번뜩!

성지한은 그녀에게서 지금까지는 느끼지 못했던, 묘한 힘을 포착했다.

그것은 매우 은밀하게 숨겨져 있어, 지금까진 발견하지 못했으나.

청색의 관리자가 되고 나자, 겨우 발견하게 된 적의 기운이었다.

"야, 잠깐."

"응?"

성지한은 윤세아에게 손을 뻗었다.

그러자.

스으으으…….

손에서 푸른빛이 흘러나오더니, 곧 그녀에게로 빨려 들어갔다.

"오, 이게 청색의 힘이야? 내가 인류 최초네!"

윤세아는 청색의 관리자가 된 성지한이 보여 준 힘을 보고, 처음엔 신기해했지만.

"……근데 뭐 별다른 게 없다?"

막상 체감이 딱히 느껴지질 않자 고개를 갸웃했다.

'적의 기운은 분명 사라지고 있는데, 본인은 체감을 못 하네.'

윤세아에게 나타난 적의 기운은, 스탯으로 치면 사실 1 도 안 되는 수준이긴 했다.

성지한이 보낸 청에 의해, 단번에 꺼질 정도였으니까.

그래도 본인이 아예 체감을 하지 못하다니.

'다른 사람도 혹시 이러려나?'

성지한은 윤세아 케이스 말고, 다른 경우도 찾아보기로 했다.

일단.

[지한아, 몸은 어때?]

"누나한텐 안 느껴지네."

[응? 뭐가?]

석상 상태로 둥둥 떠오른 채, 성지한에게 다가온 성지 아한테는 적이 감지되질 않았고.

스으으⋯⋯.

"왔나. 아니, 오셨사옵니까, 관리자님."

"그냥 원래대로 말해라. 안 어울리니까."

"관리자께서 특별히 원하신다면야."

바닥에서 올라와 성지한에게 고개 숙여 인사하는 그림 자여왕에게서도.

적의 기운은 느껴지지 않았다.

'그림자여왕은 원래도 인간이 아니었으니 적이 없을 테고, 누나는 석상 상태로 성좌가 되었으니 없나.'

둘 다, 현 상태는 인간 종족이라곤 볼 수 없었으니까.

이 둘은 비교 대상으로 삼기엔 부적절했다.

사람을 만나 봐야 정확한 비교가 된단 말이지.

"길드에 지금 사람 많나?"

"길드에? 대기 길드야 매일 바쁘니까 상주하는 사람이 있지."

"잠깐 가 봐야겠다."

"왜?"

"다른 사람한테도 너처럼 불이 있었나 보려고."

"……불?"

성지한은 의아해하는 윤세아를 뒤로하고, 엘리베이터를 타고 길드로 내려갔다.

그러자 거기선.

"예, 그러니까 돈은 얼마가 들든 상관없으니, 플래카드가 소드 펠리스 건물을 모두 커버해야 해! 오너님이 청색의 관리자 되었다는 사실, 확실하게 알려야지!"

"……아니, 사람들 중에 오너님이 청색의 관리자 된 걸 모르는 사람이 어디 있다고 그래요."

"그래도 확실하게 기념해야지!"

이하연은 임가영에게 목소리를 높이며, 플래카드 만들기를 지시하고 있었다.

"뭔 플래카듭니까."

"앗, 오너님! 아니…… 이제 관리자님이라고 호칭해야 하나요?"

"그냥 원래대로 하세요. 근데 아까 이야긴 대체 뭡니까?"

"당연히 이번에 오너님께서 쟁취하신 경사를 기념하려고 하는 거죠!"

"뭘 또 기념합니까. 배틀튜브로 생중계했으면 됐지."

"에이, 지금 이건 아무것도 아니에요. 대한민국 정부에선 물론이고, 세계 배틀넷 연맹에서도 오늘을 기념일로 선포하자고 말이 나오고 있어요."

"아니 뭔, 관리자 된 게 뭐 대수라고……."

성지한은 어이없다는 듯 그리 대꾸했지만.

"대수라뇨. 이번 건은 인류의 경사잖아요!"

"하급 종족인 인류에게, 배틀넷에서 4명밖에 없는 관리자가 탄생한 날입니다. 전 세계적으로 기념해야 할 날입니다."

"맞아요. 오늘을 크리스마스에 버금가는, 아니 이걸 뛰어넘는 기념일로 만들자구요!"

두 사람은 오늘을 꼭 공휴일로 만들어야 한다며, 의지를 불태우고 있었다.

"오너님께서 드래곤 로드와 싸우고 관리자들과 이야기하기까지, 1박 2일이 걸렸다고 치고 2일 쉬면 안 됩니까?"

"음…… 실제론 2일이나 걸리진 않았잖아."

"그래도 대부분의 사람들은 2일로 치길 원할 겁니다."

어쩌 이하연에 비하면 임가영은, 휴일을 더 늘리기 위해 저러는 거 같긴 한데.

성지한은 그렇게 둘의 대화를 잠시 듣다가, 본론에 들어가기로 했다.

"……그 건은 됐고. 잠깐 나란히 서 보시겠어요?"

"저희요?"

"네."

성지한의 말에 따라, 나란히 서는 두 사람.

'둘한테서는 바로 안 보이네.'

윤세아는 적의 인자가 확실하게 드러났는데.

두 사람한테선, 있는 듯 없는 듯 애매한 수준이었다.

그래도 확실한 건, 적의 인자가 없어 보이진 않다는 것.

'어디, 자세히 살펴볼까.'

스으으으…….

성지한은 청의 힘을 발현했다.

그러자, 육안으로 가볍게 살필 때랑은 달리.

둘에게서 확실히 느껴지는 적의 인자.

'세아 거에 비하면 거의 만 분의 일, 아니 그거보다 적은 수준이네.'

윤세아가 지닌 적의 인자가 스탯으로 따지면 1도 안 되는 정도였는데.

이하연이나 임가영이 지닌 건, 그거보다도 훨씬 미약했다.

이 정도면 청색 빛에 스치기만 해도, 사라질 정도의 능력치.

성지한은 청색의 기운을 더 피워 올려다보았다.

그러자.

"오…… 그게 관리자의 빛인가요?"

"예, 둘 다 체감 가는 변화는 없습니까?"

"파란색이 신성해 보입니다. 몸도 가벼워진 것 같습니다."

"아니, 그런 접대용 멘트 말구요. 실질적인 변화를 체크해 주세요."

"음…… 전 딱히 모르겠어요."

성지한의 푸른빛에 신기해하긴 했지만, 딱히 몸의 변화는 느껴지지 않는다는 둘.

'적의 인자가 사라져도, 체감은 못 하네.'

윤세아뿐만 아니라, 다른 사람들도 적의 인자는 있건없건 상관없는 요소인가.

성지한은 길드 마스터실을 나와서, 일반 길드 직원들에게도 청색의 기운에 대한 테스트를 진행했다.

"어깨가 무거웠는데 빛에 쬐자마자 바로 가벼워졌습니다! 무릎 시큰거리는 것도 나아졌구요!"

"……여기에 그런 효과는 없습니다. 솔직하게, 몸의 변화상만 이야기해 주세요."

"어, 그, 그렇다면…… 잘 모르겠습니다. 컨디션이 좋아진 것 같기도 하고?"

길드 사무실에 들어서서 청빛을 발현하자.

이 안에 있던 사람들의 적의 인자는 깡그리 사라졌다.

다들 지닌 적의 수치가 0.0001도 안 되는 정도라 그런지.

성지한이 굳이 청색의 기운을 가까이하지 않더라도, 멀리서 빛만 보고 불이 꺼지는 수준이었다.

'근데 확실히 세아만 독보적이네.'

길드 사무실 안에는 일반인뿐만 아니라, 화염속성 특화의 마법사도 방문한 상태였는데.

이들도 모두 지닌 적의 인자는 똑같았다.

너무나도 미세해서, 청색 빛만 보여도 꺼지는 수준.

근데 윤세아만 적의 인자가 많은 건…….

'그러고 보니 나 대신 녀석을 심장으로 만든다고 했었지.'

적색의 심장 역할을 해야 함에도, 이를 거역한 자신 대신.

저들은 대체품으로 윤세아를 선택하려 들었지.

그거 때문에 능력 차이가 이렇게 많이 나는 건가?

'그래도 세아의 적 인자는 없애 버렸으니까 다행이네.'

성지한은 그리 생각하면서, 일단 집으로 다시 돌아왔다.

인류가 지닌 적의 인자에 대해서도 관찰했고.

청 빛을 발현하여 없애 보기까지 했으니까.

이젠 다음 스탭을 모색해야겠지.

'가서 관리자 시스템을 열어 보자.'

성좌 모드 대신 대체된 관리자 시스템.

거기에 아마, 성지한이 원하는 기능이 있을 것이다.

그렇게 판단한 그는, 집에 도착하자마자 관리자 시스템을 열어 보려고 했지만.

"어, 삼촌. 벌써 왔네?"

자신을 보며 손을 흔드는 윤세아를 보곤, 두 눈을 의심했다.

'……적의 인자가, 다시 생겼어?'

* * *

2시간 후.

'다시 적이 생긴 건, 세아뿐만이 아니군.'

성지한은 자신이 능력을 발현하여 없앤 적의 인자가 모조리 재생한 걸 확인했다.

'분명히 몸속에서 적을 뿌리 뽑았는데도, 귀신같이 생겨났다…….'

스탯 청의 힘은, 분명 적에게는 상극이었지만.

불이 한 번 진화된 이후에도.

어디서 불씨가 날아오는 건지, 인간의 안에선 적의 인자가 계속해서 생겨났다.

'특히 세아는, 다른 사람들과 달리 적이 점점 더 강해지고 있어.'

적색의 관리자가 다음 타깃으로 윤세아를 생각해서 그런 건가.

아깐 1도 안 되던 적을 지니고 있더니, 청으로 지운 후에 다시 생겨난 적은.

이제 거의 스탯 2 정도로 도달하고 있었다.

그리고 이쯤 되자.

"어…… 삼촌. 좀 이번엔 뭔가 사라진 느낌이 드는데."

지금까지는 적에 대해서 체감하지 못하던 윤세아도.

뭔가가 없어진 거 같다면서, 의아함을 드러내고 있었다.

'이렇게 내가 직접 지우는 거론, 한계가 있다.'

성지한의 눈빛이 깊게 가라앉았다.

이렇게 성지한이 직접 청을 발현하는 방법으로는, 인류에게서 적색의 인자를 제거할 수 없었다.

'관리자 시스템을 열어야겠어.'

청색의 관리자가 된 이후, 여러 변화가 체감되긴 했지만.

이 중에서도 가장 큰 건, 바로 관리자만이 들어갈 수 있는 관리자 시스템이었다.

적과 관련되어 실험을 하느라, 아직 한 번도 시스템에 들어가지 못했던 성지한은.

적의 인자를 근본적으로 해결하기 위해선 이 시스템이 키라고 생각했다.

"관리자 시스템."

성지한이 그리 말하자.

[관리자 시스템이 개방됩니다.]

[시스템에 접속한 관리자는, 임시 관리자 '청색의 관리자'입니다.]

[제한된 구역만 접속 가능합니다.]

관리자 시스템은 그가 임시 관리자임을 강조하며, 시스템의 일부를 개방했다.

그리고 드러난 건.

'……뭐 이렇게 복잡해?'

끝도 없이 나열되어 있는 관리 항목들이었다.

성지한이 지금껏 보았던 종족과 행성.

시스템의 왜곡된 부분 등.

관리자로서 손을 댈 수 있는 타깃은 무궁무진했다.

다만.

'죄다 X표시 되어 있네.'

임시 관리자라 그런지.

행성도, 종족도.

시스템의 왜곡 수정도 죄다 접근 불가 표시가 되어 있었다.

"이럼 접근할 수 있는 게 뭐있어?"

성지한이 죄다 X 표시된 걸 보고 한마디 하자.

[접근 가능한 관리 항목만 표시합니다.]

관리자 시스템이 수많은 항목을 싹 다 지워 버리고.

단 세 항목만 표시했다.

'인류랑 나, 그리고 스탯 청인가.'

임시 관리자가 아무리 권한이 제한적이라곤 했지만, 이건 좀 너무한데.

성지한이 세 가지 항목을 가만히 바라보고 있자.

[관리자는 배틀넷 시스템을 발전시키기 위해 존재합니다.]
[관리자는 배틀넷 시스템의 왜곡 현상을 해결하며, 더 많은 권한을 얻습니다.]
[현 임시 관리자는 불가능한 업적을 클리어해 관리자가 되었기에, 존재 자체가 배틀넷 시스템을 비트는 에러입니다.]
[자신의 문제점을 발견하고, 왜곡 현상을 해결하세요.]

관리자 시스템이 왜 세 가지만 나왔는지에 대해 설명을 해 주었다.

'내가 배틀넷 시스템의 에러라고?'

성지한은 이걸 보고, 처음에는 이게 뭔 소린가 싶었지만.

'성좌 후보자가 대성좌에게 승리한 게, 시스템 입장에선 버그로 보일 수도 있겠군.'

곧 자신이 왜 문제라고 지적되었는지 이해했다.

성좌 후보자에서 관리자가 된 건.

계단을 올라가야 하는 등산로에서, 헬기 타고 정상에 도달한 거나 다름없었으니까.

'임시 관리자가 된 기념으로, 다른 거 손대지 말고 나라는 버그부터 고치란 거군.'

너라는 버그부터 고쳐야, 권한을 확대해 주겠다는 관리자 시스템.

'뭐가 그렇게 문젠지 보기나 할까.'

성지한은 피식 웃고는, 한 번 자신의 뭐가 그렇게 버그인 건지 봐보기로 했다.

"관리 항목 '성지한' 열어 봐."

지이이잉…….

성지한의 말이 떨어지자마자, 뒤바뀌는 화면.

푸른 배경의 시스템 화면에선.

성지한의 상태창이 올라와 있었다.

'뭐야 이거 그냥 내 상태창인데?'

무혼, 공허, 영원, 적, 청 스탯이 나열되어 있는 상태창.

각 능력의 수치는, 관리자가 되기 전이랑 크게 다른 점은 없었다.

여기서 무슨 버그를 발견하라는 거야?

성지한이 의아한 눈으로 능력을 바라볼 무렵.

'오…… 뭔가 변하는군.'

각 능력치 뒤에, 왜곡이라는 평가 수치가 새로이 나타나기 시작했다.

가장 먼저 왜곡 수치가 나타난 스탯은 공허와 청.

'둘 다 0이군.'

공허 (왜곡 − 0), 청 (왜곡 −0) 으로 표시된 스탯을 보며 성지한은 고개를 끄덕였다.

청이야 뭐 지금은 능력이 규명이 안 된 FFF급 스탯이고.

공허는 출력이야 출중하지만, 사용자를 죽음으로 이끈다는 점에서 시스템을 왜곡하는 능력은 아니었으니까.

그리고.

'영원과 30, 적은 50인가.'

영원과 적.

둘 다 관리자의 능력이나 다름없는 이 스탯은.

영원 쪽이 불완전해서 그런지, 왜곡 점수가 낮은 상태였다.

이러면 남은 건 무혼뿐인가.

'무혼이 뭐 시스템을 엄청 왜곡하는 능력은 아닐 텐데⋯⋯.'

왜 이렇게 평가가 오래 걸려?

성지한이 의아해할 즈음.

'나왔군.'

무혼 (왜곡 −52)로.

무혼이 의외로 왜곡 수치가 가장 높게 측정되어 있었다.

아니, 이게 관리자의 능력들보다 더 시스템을 뒤흔든다고?

성지한이 이를 보고 의아해하는 사이.

'응⋯⋯.'

무혼의 시스템 왜곡 수치가.

52에서 54로 갑자기 실시간 업그레이드되고 있었다.

6장

6장

'실시간으로 이게 오르다니⋯⋯.'

설마 봉인된 투성에서 무슨 일이 벌어지고 있는 건가?

성지한은 무혼의 왜곡 수치가 성장하는 걸 보곤 눈빛을 가라앉혔다.

'그러고 보면, 무혼의 성능도 더 올라간 거 같아.'

지금까진 청색의 관리자가 되면서, 능력이 증폭된 줄로만 알았는데.

몸이 가벼워진 원인엔, 무혼도 있는 것 같았다.

'무혼은 무신의 능력이긴 하다만⋯⋯.'

무신이 지닌 독보적인 능력, 무혼.

무혼의 왜곡도가 올라갔다는 건, 무신이 이를 발전시켰다는 뜻이나 다름없었지만.

성지한은 투성에서 보았던 무신을 떠올렸다.

지닌 힘이 압도적이긴 했지만.

무武와는 사실, 크게 어울리는 존재는 아니었지.

오히려.

'무신이란 이름은 동방삭에게 더 어울렸다.'

한데 그런 무신이, 무혼의 왜곡도를 짧은 시간에 이렇게 올려놓는 게 가능할까.

'흠…… 이 정도면 동방삭을 집어삼키기라도 한 거 아닌가?'

투성에서 무슨 일이 벌어지는지 알 수 없는 성지한으로서는, 그런 식으로 추측을 하는 수밖에 없었다.

그때.

무혼 능력치 옆에, 느낌표가 떴다.

'뭐지 이건. 누르라는 건가.'

성지한이 그 느낌표를 눌러보자.

지이이잉…….

[스탯 '무혼'의 왜곡도가 비정상적으로 상승했습니다.]
[문제의 원인을 파악하시겠습니까?]

스탯창 위로, 새로운 메시지창이 떠올랐다.

'당연히 파악해야지.'

성지한이 예를 누르자.

지이잉…….

새로운 화면이 떠올랐다.

거기서 가장 먼저 보인 건, 가부좌를 튼 채 앉아 있는 동방삭이었다.

'동방삭…… 무신한테 잡아먹히진 않았군.'

그래도 무혼의 왜곡도 상승 원인으로 그가 지목된 걸 보면.

어쨌든 그가 무혼에 영향을 끼치는 건 분명하네.

성지한이 일단 화면을 계속 바라보았다.

[…….]

눈을 감은 채, 앉아 있는 그의 육신이 서서히 떠오르더니.

주변에 새하얀 빛이 피어오르기 시작했다.

그 빛이 형상화한 건, 하나의 검.

이는 동방삭이 태극에서 꺼낸, 태극마검과 흡사했다.

그리고.

[부족하다.]

동방삭의 입이 열리자.

번쩍!

화면에서 빛이 폭발하며, 빛의 검이 수십 자루 떠오르기 시작했다.

하나하나가 절대적인 힘을 내포한, 빛의 검.

성지한은 이를 자세히 바라보았다.

'……자세히 보니, 태극마검보다는 살짝 약한 편이군.'

태극에서 꺼내질 않고 바로 생성해서 그런지.

본류인 태극마검에 비하면, 힘이 부족해 보이는 빛의 검.

하지만 그래 봤자 조금 약할 뿐이지, 위협적인 힘을 지닌 건 변함 없었다.

거기에, 일단 검의 숫자가 훨씬 많았으니까.

성지한은 동방삭이 형성한 빛의 검 개수를 세어 보았다.

'54개군.'

총 54개 만들어진 빛의 검.

이 숫자는, 분명 조금 전 본 무혼의 왜곡 수치와 똑같았다.

그리고.

번쩍!

허공에서 빛이 번쩍이며, 검이 하나 더 만들어지자.

상태창에서 무혼의 왜곡도도 55로 실시간으로 올랐다.

'동방삭이 빛의 검을 만들어 낸 개수랑, 왜곡도가 정말로 비례하는군.'

성지한은 실시간 변화를 보며, 눈을 번뜩였다.

아무리 무신이 정작 무와는 어울리지 않는다고 해도.

무혼의 왜곡도가 성장하는 건, 결국 무신이 직접적으로 무혼을 발전시켜야 가능한 줄 알았다.

그래서 동방삭 잡아먹기라도 한 건가 싶었는데.

'동방삭이 수련하는 것만으로도, 무혼이 발전한다니.'

별의 능력이라 했던 무혼.

이 능력의 원천은, 사실 동방삭에서 나오는 거였나?

확실히 무혼의 왜곡도가 54에서 55로 변하자.

무혼의 힘이 소폭 상승한 게, 성지한도 체감이 되었다.

동방삭이 수련을 하니, 그도 나름의 영향을 받은 셈이
었다.

'이것 참, 관리자가 됐는데도 저 영감한텐 힘들 거 같은데……'

청색의 관리자가 되어서, 강해진 게 꽤 체감되긴 했지만.

청색의 기준 능력인 스탯 청이 아직 별 볼 일 없어서
그런가.

다른 관리자에 비하면 확실히 능력이 처져 있었다.

이 상태에서 동방삭과 맞붙으면, 솔직히 질 거 같은데.

그때.

[스탯 '무혼'의 왜곡도 상승 원인을 파악했습니다.]
[문제를 시정하시겠습니까?]
[관리자 권한을 사용하여, 대상을 제약할 수 있습니다.]

상태창에서 새로운 메시지가 떴다.

* * *

"관리자 권한으로 그런 것도 가능하다고?"

이제야 관리자 된 느낌 좀 나네.

성지한은 시스템 메시지를 보면서 고개를 끄덕거렸지만.

[관리자와 관련된 능력입니다. 권한을 소모하여 이를 올바르게 뒤바꿀 수 있습니다.]

"권한 소모라…… 뭘 쓴단 이야기네. 그거."

시스템 메시지에서 정확히 권한을 사용하는 게 아니라 소모한다고 말하자, 미간을 찌푸렸다.

"이거도 뭐 설마 포인트 같은 거 사용하냐?"

[비슷합니다. 관리자 권한을 수치화하시겠습니까?]

"그래."

관리자가 돼도 세상에 공짜는 없군.

성지한이 고개를 끄덕이자, 상태창 맨 위에 관리자 권한 항목이 생겨났다.

관리자 권한 - 12000

"무혼의 왜곡을 시정하면, 권한을 얼마나 쓰지?"

[왜곡도 1당 500이 소모됩니다.]

"다 줄이지도 못해? 그럼 24 줄이면 끝이네."

성지한은 동방삭이 띄운 검을 바라보았다.

55개에서 24개 빼봤자, 31개 남잖아.

'그리고 동방삭은 다시 그걸 55개로 발전시키겠지.'

그럼 관리자 권한만 날리는 셈이 된다.

동방삭을 봉쇄하는 건, 권한이 더 쌓였을 때나 시도할 수 있겠군.

거기에.

'왜곡을 해결하면 무혼이 약해질 텐데, 그것도 내게 도움이 되는지 아닌지를 따져 봐야지.'

성지한이 지닌 여러 스탯 중, 가장 중심적인 능력은 단연 무혼이었다.

아무리 왜곡도를 시정하라고 해도, 권한을 써 가면서 약해지는 길을 벌써 택할 필요는 없었다.

"일단 보류한다."

[알겠습니다. 현재 화면을 종료합니다.]

"끝? 켜 둘 순 없나?"

투성을 공짜로 염탐할 수 있는 화면이 사라진다니.

성지한이 아쉬움을 담아 물어보았지만.

[현 장소는 봉인된 구역입니다. 10분 후부터, 재생 유

지 시 1분당 권한이 100 소모됩니다.]

"아, 그래? 10분 후에 바로 꺼."

권한이 1분당 100씩 소모된다고 하자, 바로 미련이 사라졌다.

12000밖에 없는 권한을, 투성 본다고 소모할 순 없지.

'그래도 10분간은 대가 없이 볼 수 있겠군.'

성지한은 그리 생각하며 화면을 가만히 바라보았다.

허공에 둥둥 뜬 채, 55개의 빛의 검을 움직이는 동방삭.

검 하나하나에 담긴 초월적인 힘을 감지하며, 성지한은 문득 생각했다.

'그건 그렇고, 무신 놈은 진짜 뭐 하는 게 없네……'

무혼은 그래도 무신이 주축인 능력인 줄 알았는데.

이거도 동방삭을 착취하는 구조였어?

생각해 보면 무혼의 능력 중, 인류의 무공을 모두 복사하여 터득하는 게 있었는데.

이거도 알고 보면 동방삭의 자질이 발현된 거였나.

'무신은 대체 하는 게 뭐야?'

성지한이 그에 대한 평가를 다시 한 단계 내리고 있을 때.

[그만하라.]

화면 속에서, 동방삭에게 수련을 끝내라는 무신의 음성
이 들려왔다.

[무신이시여.]
[이 안에서 태극마검은 수련하지 말라고 했거늘.]
[이 검은, 태극마검이 아닙니다……!]
[분석이 되지 않는 것을 보면, 비슷한 류 아닌가.]

스으으…….
동방삭의 앞에, 붉은빛이 번뜩이더니.
빛이 퍼지며 검을 차례로 살피기 시작했다.

[이 정도면 태양왕도 반항하지 못하고 제압될 터니. 수
련은 그만하도록 해라.]
[……알겠습니다.]
[그럼 봉인이 풀리는 대로, 태양왕을 사냥하라.]
[예, 무신이시여.]

허공에 떠 있던 동방삭은 어느새 내려와, 붉은빛 앞에
무릎을 꿇었다.
확실히 몸짓 하나하나가 충성스러운 그였지만.

[다시 한번 강조하겠다. 이제부터는, 그 어떤 수련도

하지 말라.]

　[……네.]

　무신은 동방삭에게 수련을 그만두라고 한 번 더 강조하
고는 사라졌다.

　'무신이 지금껏 동방삭의 가능성을 억제하고 있었군…….'

　안 그래도 괴물인 현 상태의 동방삭.

　근데 그가 수련을 더 하면서, 발전에 발전을 거듭하면
자신의 통제도 벗어날지 모른다.

　무신은 그런 생각에, 동방삭의 수련을 철저하게 통제했
던 것 같았다.

　'이러면 무혼의 왜곡 수치는, 당분간은 성장하지 않겠
어.'

　뜻밖에도 무신이 억제 역할을 해 주네.

　성지한은 수염을 쓰다듬으며, 검을 거두는 동방삭을 지
켜보았다.

　겉으로 보면 무신의 충신으로 보이는 그였지만.

　'아소카가 말하길, 동방삭은 자신의 진의를 들키지 않
기 위해 태극마검 안에 자신을 가두었다 했지.'

　그러며 그와의 전투에서 태극마검을 끌어내면, 그가 제
정신을 찾고 도와준다고 했다.

　그때만 해도, 전력을 다해 싸우면 되지 않을까 낙관적
으로 생각했는데.

'이제 보니 저 55자루 검을 파훼해야 하네.'

태극마검 급은 아니더라도, 독보적인 힘을 지닌 빛의 검.

얼마나 강한지 다른 무공은 무혼으로 죄다 터득할 수 있었는데.

저건 태극마검처럼 무혼으로 분석, 복사하는 게 불가능했다.

성지한은 검을 보며, 아소카의 마지막 말이 떠올랐다.

－태극마검을 이끌어 내지 못하면, 자네와 인류는 동방삭의 손에 모두 죽을 거야.

관리자가 되기 전만 해도, 에이 그 정도는 가능하지 싶었던 게.

55자루의 검을 보고 나서부턴, 난이도가 급상승해 있었다.

'투성이 봉인 상태인 게 차라리 다행이군.'

스탯 청의 등급이 너무 낮아서 그런지.

청색의 관리자가 되고 나서도, 아직 동방삭을 제압할 만한 힘은 갖추지 못한 상태.

투성이 봉인된 틈을 타서, 빨리 관리자에 걸맞은 힘을 얻어야 했다.

[10분이 지났습니다.]

삑.

그 메시지와 함께 화면이 꺼지자, 성지한은 왜곡도가 존재하는 다른 능력들을 눌러 보았다.

하나 무혼 때와는 달리, 화면이 나타나거나 하지는 않는 적과 영원.

"얘들은 왜 문제 원인 파악이나, 시정 화면이 안 나오냐?"

성지한이 그리 묻자.

[임시 관리자보다 상위 권한을 지닌 존재의 능력입니다. 접근 권한이 없습니다.]

시스템이 두 능력은 무혼과 달리, 수정할 권한이 없다고 선을 그어 주었다.

"……이러면 실질적으로 내가 왜곡 현상을 해결할 수 있는 방법이 없잖아?"

무혼은 권한 딸려서 안 돼.

적이랑 영원은 자기보다 직급 높은 존재들이 만든 능력이라 수정 안 돼.

이런 상황에서 자신의 왜곡 현상을 어떻게 해결하라는 거야?

성지한이 그렇게 의문을 표하자.

[임시 관리자가 왜곡 현상을 꼭 수정할 필요는 없습니다.]
[관리자의 문제점은 왜곡된 능력을 지녔다는 것. 왜곡된 능력을 포기하는 것도, 왜곡 현상을 해결하는 방법입니다.]

시스템 메시지는 다른 해결책을 제시해 주었다.
물론 이건.
"능력을 포기하라고? 그건 안 되겠는데."
성지한으로서는 받아들일 수 없는 제안이었다.
'무혼이랑 적, 영원. 이거 다 포기하면 성좌 후보자 성지한 시절이 더 강하다.'
저 능력들 다 삭제하면, 남는 건 공허랑 청밖에 없는데.
이래서야 동방삭에게서 태극마검을 끌어내는 건 더 불가능해진다.

[왜곡된 능력을 모두 삭제할 수 없다면, 일부라도 삭제하는 걸 추천드립니다.]
[현 능력을 유지할 시, 관리자 권한이 하루에 50씩 소모됩니다.]

[스탯 '적'을 삭제할 시, 관리자 권한이 1일당 100씩 추가됩니다.]

성지한은 시스템 메시지를 보고 간단히 계산을 해 보았다.

'적의 가치는 하루에 권한 150 정도군.'

지금 능력 유지할 땐 하루에 -50인데.

적을 삭제하면 +100이 되니, 일일 150 값어치를 지닌다 할 수 있었다.

'적 왜곡도가 50이니까. 왜곡도 1당 3쯤 빼는 건가 그럼.'

관리자가 되더니, 뭔 산수를 하게 하네.

성지한은 그렇게 관리자 권한 산정 방식을 알아가다, 그에게 물었다.

"굳이 내 능력 빼지 말고, 하루에 들어오는 양은 어떻게 늘리는 게 낫지 않나? 일일 권한은 어떻게 늘리지?"

[일일 권한 획득량을 늘리기 위해선, 상징색과 연관된 능력을 발전시켜야 합니다.]

[상징과 관련된 스탯 '청'의 등급이 너무 낮습니다. 청의 등급을 올리세요.]

그래.

소비를 줄이는 것보다, 많이 벌어 오면 그만이잖아?

"관리항목, 스탯 '청'을 열어."

성지한은 그런 마음가짐으로 '청' 항목을 열었지만.

[스탯 '청'에 대한 정보가 전무합니다.]
[이 능력은 현재 업그레이드가 불가능합니다.]

그 시도는 처음부터, 암초를 만났다.

* * *

"뭐 되는 게 없네 임시 관리자."

성지한은 청 업그레이드가 불가능하단 이야기를 듣곤
미간을 찌푸렸다.

임시 관리자가 되고 나면 확 달라지나 했더니, 뭐 이리
제약만 많아?

[스탯 '청'은 기존에 데이터가 없는 새로운 능력입니
다.]
[임시 관리자가 청에 대해 파악할 시, 그때 업그레이드
가 가능합니다.]

그런 성지한의 말에 답하듯, 올라오는 메시지.

스탯 청은 기존에 없던 새로운 능력이니, 그걸 얻은 성

지한이 능력에 대해 파악해야 업그레이드가 가능하다고
알려 주었다.

하나.

'적에 적대적인 것 빼곤, 나도 정보가 없는데.'

애초에 스탯을 만든 당사자도 아소카였기에.

성지한은 이에 대해 자세히 아는 바가 없었다.

색깔이 파란색이니까, 뭐 수속성과 연관이 있나 싶어서
이리저리 실험을 해 보긴 했지만 크게 상관없었고.

그냥 적색의 기운을 적대하고, 효율적으로 제거한다.

이 정도면 알고 있었다.

'이 관리 항목은 더 열 필요가 없겠군.'

청에 대한 정보를 얻기 전에는, 업그레이드가 불가능하
니까.

성지한은 띄워 놓은 관리항목, 스탯 '청' 창을 껐다.

그럼 이제 안 열어 본 관리항목은.

'인류밖에 없네.'

관리항목 '성지한'과 '청'은 이미 열어 봤고.

이제 남은 건 '인류' 항목밖에 없었다.

'인류 항목도 임시 관리자니까 편집 불가능한 거 아닌
가.'

아까 열람했던 두 개의 관리 항목에서 할 수 있는 게
별로 없었으니.

성지한은 인류 항목에도 큰 기대를 걸지 않았다.

하지만.

[인류]
평가등급 - 하급

하급 종족으로 표시된 인류에겐.

[종족 기본 정보]
[배틀넷 플레이어 기본 스탯]
[스탯 가중치]
[숨겨진 능력]

배틀넷과 관련된 스탯을 시작으로 어마어마한 데이터
가 들어 있었다.
'거기에 이 정보…… 수정할 수 있네.'
성지한은 각 항목 옆에, 수정 버튼이 있는 걸 보곤 눈
을 번뜩였다.
인류 항목에 와서야, 좀 관리자 같네.
그는 여러 항목을 보다가, 한번 테스트를 해 보기로 했다.
"체력 올리는 데 권한이 얼마나 들지?"

[체력을 1포인트 올리시겠습니까?]
[모든 관리자의 주목을 사고 있는 종족입니다.]

[수정 시, 관리자 권한이 더 많이 소모됩니다.]
[관리자 권한이 100,000 소모됩니다.]

10만이라.

'스탯 적을 포기하면, 1000일에 한 번 체력 1을 올려줄 수 있는 건가.'

체력 +1.

이건 배틀넷에서도 중요했지만, 그보다 현실을 살아가는 인류에게 가장 체감이 큰 스탯이었다.

이런 걸 1000일에 한 번씩 해 줄 수 있다면, 그냥 신이나 다름없겠는데.

'그래도 이런 데다가 권한을 쓸 순 없지.'

성지한은 인류 체력 상승은 나중에 해 주기로 하고.

다른 것들을 살펴보았다.

한참 여러 항목을 열어 보니.

[숨겨진 능력]
적의 인자
??

숨겨진 항목 쪽에서, 스탯 적과 관련된 것을 찾아낼 수 있었다.

'인류라는 종족 자체에 아예 적색 인자가 들어 있군.'

저거 때문에, 사람들 안에서 감지했던 적을 없애도 다시 생겨나는 건가.

성지한은 인류의 정보창을 보며 곰곰이 생각에 잠겼다.

청색의 관리자는 되었다지만, 아직 자신에겐 권한이 거의 없었고.

인류는 여전히 적색의 관리자에게, 언제든 땔감이 될 수 있는 상황이었다.

'그리고 그 땔감에 불을 지르는 게, 세아가 될 수 있다는 게 문제지…….'

이렇게 보니, 역시 가장 먼저 해야 할 건 인류에게서 적의 인자를 제거하는 일.

성지한은 숨겨진 능력 칸에서, 적의 인자를 수정하려 해 보았다.

하나.

[적의 인자를 제거하시겠습니까?]
[모든 관리자의 주목을 사고 있는 종족입니다.]
[수정 시, 관리자 권한이 더 많이 소모됩니다.]
[관리자 권한이 1,000,000,000,000 소모됩니다.]

수정에 필요한 관리자 권한은, 1조가 찍히고 있었다.
'……미친, 0이 몇 개냐?'

지금 가진 권한이 12,000밖에 안 되는데, 갑자기 1조
나 되는 권한을 어떻게 구해.

성지한이 시스템 메시지를 보고 어이없어하는 사이.

띠링.

[후배님.]

성지한의 눈앞에, 녹색 배경의 메시지창이 떠올랐다.

자신을 후배님이라고 부르는 존재라면…….

[이그드라실인가?]

[맞아요. 관리자 되니 어때요?]

[임시라 할 수 있는 게 없군.]

[그래도 종족 수정은 가능할 텐데, 인류에게서 적색의
관리자의 흔적 없앨 수 있지 않아요?]

성좌 후보자 시절부터 성지한보고 임시 관리자가 되라
고 말한 이그드라실답게.

그녀는 바로 적의 인자와 관련된 건으로 이야기를 꺼냈
다.

[그래. 적의 인자에 수정 버튼은 있었다.]

[그렇죠? 그런데 당신이 지닌 권한으로는 힘이 부족할

거 같은데.]

[맞아. 이럴 거라고 예측했나?]

[후후, 그 '적색의 관리자'가 인류에 심은 적의 인자인데요. 임시 관리자의 권한으로 축출하긴 쉽지 않을 거예요.]

자기가 임시 관리자가 되면 없앨 수 있다고 해 놓고는.

이제 와서 권한 부족하지? 라고 말하는군.

'이거, 불순한 의도가 있어 보이는데.'

성지한이 그리 생각하고 있을 때.

녹색 메시지창에서 글자가 더 떠올랐다.

[하지만 걱정 마세요. 권한, 제가 빌려 드릴게요.]

[빌려준다라…… 그거 양도도 가능했나?]

[네, 저 같은 정식 관리자는 가능하죠. 아. 이자는 연 1퍼센트만 받을게요. 대신, 못 갚는 경우에는 후배님이 세계수 연맹 소속으로 들어오셔야 해요.]

[세계수 연맹 소속으로? 애초부터 이럴 생각이었군.]

임시 관리자가 되면 손쉽게 해결할 수 있을 것처럼 말하더니.

사실은 성지한에게 권한을 빌려주고, 이거 못 갚으면 자신의 부하로 만들려고 했던 건가.

[후후, 일 년에 이자 1퍼센트인데, 못 갚을 건 없잖아요?]

[아니. 못 갚아. 1조에서 1퍼센트 해 봤자 100억이잖아.]

[네? 저기, 1조…… 요?]

성지한의 답에.

이그드라실의 메시지가 잠시, 끊겼다.

* * *

[어, 음…… 그거, 진짠가요?]

[그래, 제거하는 데 1조다.]

[아니 도저히 믿기지가 않는데. 그 메시지창 좀 찍어 보내 줄 수 있어요?]

[공짜로?]

[아, 알았어요.]

성지한의 말에, 옆에서 메시지창이 하나 더 떠올랐다.

[녹색의 관리자 '이그드라실'이 관리자 권한 10,000을 양도합니다.]

메시지창 하나 찍는다고 1만?

'통도 크네.'

성지한은 관리자 권한을 받은 후, 아까의 메시지를 이 그드라실에게 건네주었다.

[적색의 관리자. 이 미친…….]
[그래서. 1조 대출 가능?]
[인류를 없애죠. 그냥.]
[꺼져.]

아무리 녹색의 관리자라 해도, 권한 1조는 없구나.

성지한은 인류를 없애자는 이그드라실의 메시지창을 꺼버렸다.

그러자.

지이이잉…….

[그러지 말고, 잘 들어 봐요. 권한이 1조나 드는 건, 인류의 숫자가 많아서 그런 거일 수도 있어요. 인류 숫자 얼마나 돼요?]

[70억?]

[뭐 그렇게 많아요? 그냥 다 죽이고 한 1천 명만 남기죠. 그래도 종은 유지되지 않겠어요? 사라진 숫자야 다시 번식시키면 그만이고.]

참 녹색의 관리자 다운 생각이군.

[됐고, 그냥 가라.]
[아 참…… 좋아요. 인류 1천 명만 남기면, 제가 무상
지원해 줄게요. 이자도 안 받고 권한을 그냥 양도하죠.
어때요?]

됐다는데도 끈질기군그래.
성지한은 이그드라실에게 그냥 꺼지라고 하는 건 효과
가 없다는 걸 깨달았다.
이거 메시지창 꺼도 어차피 메시지 계속 보낼 테고.
'차단이라도 하면, 지구에 쳐들어올지도 모르지.'
그만큼 이그드라실은, 적색의 관리자를 진심으로 견제
하고 있었으니.
여기선 저쪽도 납득할 만한 답을 내놔야 했다.

[그딴 방법 안 써도, 내 나름 떠올린 해결책이 있어.]
[……해결책이요?]
[그래, 그러니 권한 필요하면 부르도록 하지.]

성지한은 그렇게 답문을 보내곤.
삑.
이그드라실과의 메시지 창을 다시 껐다.

'적의 인자…… 역시 아소카의 방식이 옳았나.'

그는 스탯 청을 얻었을 때를 떠올렸다.

[FFF등급 능력, '청靑'을 얻습니다.]

[스탯 청을 1 올릴 시, 적의 인자가 사라집니다.]

[인류에게서 적의 인자가 사라질 시, 종족 인류의 진화 한계가 '중상급 종족'을 기준으로 재설정됩니다.]

이때 분명, 스탯 청이 1 올라가면 적의 인자가 사라진 다고 했지.

'관리자 모드로 적의 인자를 수정, 제거하는 건 불가능 하다. 그럼…… 청 스탯을 1 부여하는 건 어떨까.'

이그드라실의 방법은, 막힌 거나 다름없었지만.

FFF급 스탯 청을 인류 전체에 부여하는 건, 이야기가 다르지.

성지한은 인류의 기본 스탯 창에 가서, 관리자 모드를 켰다.

그리고 스탯 청을 추가하려 시도하니.

[전 인류에게 스탯 '청'을 기본 능력으로 추가하시겠습 니까?]

[인류에게 부여되는 '청'은 FFF등급이며, 관리자와는 달리 스탯 등급을 업그레이드할 수 없습니다.]

[관리자 권한이 1,000,000 필요합니다.]

관리자 권한을 백만 요구했다.

'백만이라…… 생각보다 비싸진 않군. 등급이 낮아서 그런가.'

전 인류에게 아예 새로운 스탯, 그거도 관리자의 능력을 추가하는 거치고는 싼 대가.

이렇게 보니 스탯 창을 발전시키지 않은 게, 오히려 호재로 작용했다.

그래도, 지금 당장은 백만을 마련할 방법이 없으니.

'이건 빌려야겠네.'

성지한은 이그드라실에게 메시지를 보냈다.

[쓸 만한 방법 찾아냈다.]

[벌써요?]

[응, 근데 권한 100만이 필요해. 줘라.]

[……저기요, 맡겨 놨어요?]

[적색의 관리자, 가장 잡고 싶은 건 너잖아?]

[그건 당신도 마찬가지일 텐데요?]

[글쎄다. 임시 관리자 해 보니 막상 수정되는 거도 없는데…… 그냥 확 적색의 관리자 돼 버릴까 고민 중이라서 말이지.]

[하, 마음에도 없는 소릴…… 백만이 필요한, 증거자료

나 보여 줘요.]

성지한은 이그드라실의 요구에 아까의 메시지를 찍어
보냈다.

[스탯 청을 전 인류에 부여한다…… 해 볼 만한 방법이
네요.]
[그렇지?]
[……알겠습니다. 그럼 백만 투자할 테니, 확실히 해
주세요.]

바로 투자한다고 하는군.
하기야 1조에 비하면 백만은 껌값이지.
성지한이 그리 생각하며 투자를 기다리고 있을 때.

[녹색의 관리자 '이그드라실'이 관리자 권한 1,000,000
을 양도합니다.]

'오…… 그냥 주네?'
녹색의 관리자에게서 권한이 대출로 들어오는 게 아니
라, 무상으로 들어왔다.

[백만을 그냥 주시다니…… 통 크십니다. 선배님.]

[하, 선배 소리 한 번 듣기 힘드네요. 권한 지원했으니 지금 당장 처리하는 거, 보여 주세요.]

[당연히 그래야죠.]

녹색의 관리자에게 처음으로 존댓말을 하면서, 선배 대우를 해 준 성지한은.

본격적으로 스탯 청을 인류에게 부여하려 들었다.

그때.

띠링.

[현재 종족 '인류'에겐 스탯 '청'에 대한 지식이 전무합니다.]

[만약 종족 '인류'가 스탯 청에 대해 인지할 시, 관리자 권한 소모 비용이 최대 50퍼센트까지 줄어듭니다.]

성지한의 눈을 반짝이게 하는, 시스템 메시지가 떠올랐다.

'인류가 청에서 대해 알면, 권한 소모가 반까지 줄어든다고?'

이거…… 스탯 청에 대해 잘 알리기만 하면, 이그드라실이 준 100만 중 50만을 공짜로 먹겠네?

'반값 할인은 못 참지.'

성지한은 그 자리에서 즉시 배틀튜브를 켰다.

"여러분. 안녕하십니까. 관리자가 되고 난 후, 첫 방송이군요."

–오…….

–관리자님이 방송 키셨다 ㄷㄷ

–관리자 되고도 얼마 안 있어 배틀튜브를 키다니……
이 인간 진짜 신기하네.

–이 인간? 지금 청색의 관리자님한테 그딴 하급 종족
들이미십니까?

–그러니까. 관리자는 이미 종족 한계를 초월했거늘……!

방송을 켜자마자.

이젠 인류보다, 외계인 시청자들이 먼저 몰려오기 시작
했다.

그렇게 순식간에 올라오는 시청자 반응을 잠시 보던 성
지한은.

'이제 슬슬 시작해도 되겠군.'

인류 시청자들이 적당히 모인 걸 보고, 입을 열기 시작
했다.

"오늘은, 인류와 관련된 중대 발표가 있습니다."

–???

–중대발표요?

–뭐지……? 지구를 떠납니다 이런 건 아니겠지?

-그럴거면 굳이 발표할 필요 있겠음? ㅋㅋㅋ

관리자가 되고 얼마 안 있어, 중대발표를 한다고 하니.
사람들은 긴장한 채, 성지한이 무슨소리를 하는지 기다
렸다.
그리고.
"오늘, 여러분께 스탯 하나를 드릴 겁니다."
성지한은 바로 본론으로 들어갔다.

-스탯…… 요?
-관리자가 된 기념으로 스탯을 준다고?
-일반 플레이어만 받는 건가요 아니면 모두 다?

"모두 다 드립니다."

-와 대박 ㄷㄷㄷ
-인류에서 관리자가 나오니 스탯도 공짜로 얻네?
-와 미쳤다 진짜 ㅋㅋㅋㅋ
-무슨 스탯인가요?

사람들의 의문에, 성지한은 웃으며 입을 열었다.
"제 관리자 색이 청색인 건, 다들 아시죠? 왜 색이 청
인지 의아하신 분도 계실 텐데…… 오늘 제가 청색의 관

리자가 된 스탯, 청을 전 인류에 드릴 겁니다."

　-헐 관리자의 스탯을……?
　-그런 게 가능이나 한 일인가;
　-인류에게 대체 얼마나 퍼 주려고 그러지?
　-오늘만큼은 하급 종족인 인류가 부럽군…….

　관리자의 스탯, '청'을 준다는 이야기에.
　인류보다도 먼저 외계의 시청자들이 깜짝 놀랐다.
　대체 저 관리자는 같은 종족을 얼마나 위하면, 자신을 관리자로 만든 능력까지 나눠 준단 말인가?
　그렇게 외계인들이 인류를 부러워하는 사이.

　[종족 인류가 '청'에 대해 이름을 인지했습니다.]
　[관리자 권한 소모 비용이 5% 줄어듭니다.]

　성지한은 권한 소모 비용이 겨우 5%밖에 줄어들지 않는 걸 보면서, 마음을 굳혔다.
　'청을 준다는 사실만으론, 디스카운트가 별로 안 되는군. 이왕 이렇게 된 거, 모든 사실을 밝혀야겠다.'
　안 그래도, 현재 사람들은 최근 벌어진 여러 사건으로 인해, 적과 관련된 것에 대해 의문점을 가지고 있었다.
　특히 인류를 모두 불태우고 적색의 관리자가 되자는 이

야기가, 성지한 채널에서 여러 번 나옴에 따라.

이와 관련된 음모론도 인터넷상에선 범람하고 있는 상태였다.

이에 대한 답을 알고 있는 건, 성지한이 유일했지만.

그는 그 누구도 터치할 수 없는 존재였기에, 다들 의문만 가진 채로 추측이 나돌고 있었다.

'예전엔 적의 인자를 없앨 방법이 없었으니, 이에 대해 밝히질 못했지만…….'

이제는 스탯 청만 부여하면, 적의 인자도 사라질 테니까.

이번에, 이에 대한 내용도 밝히는 게 낫겠지.

"그런데, 의아하신 분들도 계실 겁니다. 이걸 왜 갑자기 주는 걸까? 그래서 능력을 드리기 앞서서, 제가 왜 청을 인류에게 부여하려고 하는지 말씀드리겠습니다."

지이이잉…….

그러면서, 성지한은 화면을 하나 띄웠다.

관리자가 된 이후, 생각만으로 자신이 원하는 화면을 띄울 수 있게 된 그는.

이 능력을 적극적으로 활용하고 있었다.

그렇게 그가 맨 처음 보여 준 건, 인류의 '숨겨진 능력' 칸.

"이건, 인류 모두가 지닌 능력입니다."

[숨겨진 능력]

적의 인자
?????

−적의 인자?
−?????는 뭐지?
−관리자인데도 밝힐 수 없는 게 있나 보네.
−인류에게 이렇게 히든 능력이 많았음?;
−근데 왜 적이 튀어나오냐 여기서…….

숨겨진 능력을 보고, 인류 시청자들이 갑론을박하는 사이.
성지한은 두 능력 중, 적의 인자에 손가락을 가져다 대
었다.
"최근, 제 배틀튜브를 보며 의문을 지닌 분들이 많으셨
을 겁니다. 왜 인류를 모두 불태우면, 적색의 관리자가
되는 건지. 왜 버튼을 누르고 말고 가지고 절대자들이 긴
장하는지."

−그거야…….
−저번에 정확한 이유는 모르신다고 하셔서 ㅎㅎ
−역시 뭔가 있었나 보네…….

성지한은 사람들의 반응을 보곤, 고개를 끄덕였다.
"예. 사실은 그때부터 알고 있었지만, 사회적 혼란을

고려해서 밝히진 않았습니다. 하나 이제는 여러분들도,
진실을 아실 때가 되었습니다."

툭.

성지한이 화면 속, 적의 인자를 건드리자.

지이잉…….

그 위로 새로운 화면이 떠올랐다.

거기에 나타난 건, 전신에 붉은 눈이 박힌 거대한 거
인.

"인류는 적색의 관리자를, '상시 관리자'로 만들기 위해
만들어졌습니다. 아니, 정확히는 기존에 있던 인류가 지
금의 신인류로 대체되었죠."

그러며 거인의 옆에, 두 사람.

길가메시와 피티아의 얼굴이 떠올랐다.

"그리고 인류가 신인류로 대체된 건, 여러분들도 예전
에 보았다시피 이들을 통해 이루어졌습니다."

-헐 저 둘…… ㄹㅇ 아담과 이브였어?
-내가 그 인성 빻은 길가메시의 후손이라니 ──
-아 뭔가 싫다…….

적의 인자를 지닌 인류는, 결국 뿌리를 거슬러 올라가
면 길가메시의 후손.

사람들은 아담이 길가메시가 맞다는 성지한의 확언에,

반기지 않는 반응을 드러냈다.

그만큼 길가메시가 배틀튜브에서 보여 주었던 모습은, 부정적이기 짝이 없었으니까.

그리고.

[종족 인류가 '적의 인자'에 대해 인지했습니다.]
[관리자 권한 소모 비용이 추가로 15% 줄어듭니다.]

적의 인자에 대해 이야기가 나오자, 소모 비용은 추가로 더 줄어들었다.

'합치면 20%인가.'

이 정도도 나쁘진 않지만, 그래도 더 노려볼 수 있겠는데.

성지한은 말문을 열었다.

"적의 인자가 있는 이상, 인류는 영원히 적색의 관리자를 진화시키는 수단이 될 겁니다. 제가 몇 번 그 시도를 막긴 했지만, 이는 근본적인 원인을 해결한 게 아니니. 후대에, 적색의 관리자는 언제든 또 튀어나오겠죠……."

─적색의 관리자 이놈은 인류에게 기생하는 기생충인가…….

─그래도 성지한 님이 계속 관리자로 계시면 케어되는 거 아닐까요?

─ㄹㅇ 벌써 몇 번이고 막아 주셨잖음.

─아니 그래도 언제까지 한 사람만 믿을 거야 해결책을

찾아 봐야지;

　-해결책이 근데 뭐가 있어? 적의 인자란 거 어떻게 없
앨 건데?

　-그건 관리자 성지한님 이······ ㅎㅎ

　적의 인자와 관련되어, 이거 어떻게 해결하냐고 사람들
의 반응이 쏟아지자.

　"해결책은 있습니다."

　지이이잉······

　성지한은 해결책을 말하며, 한 사람의 얼굴을 띄웠다.

＊　＊　＊

　-이 사람은······.

　-아소카 아님?

　-ㅇㅇ 성지한 살려 줬던 성좌잖아.

　-그때 천수천안 보곤 불교에서 엮어 볼려고 하더라 ㅋㅋㅋ

　-근데 왜 이 사람을 지금 보여 주지······?

　화면에서 떠오른 사람의 얼굴은, 아소카.

　그는 성지한의 목숨을 살려 준 걸 계기로, 무신의 종
중 대중적으로 가장 호감을 사고 있었다.

　인도의 힌두교에서는, 벌써 신으로 편입하자는 목소리

도 있을 정도로.

아소카가 저번에 보여 주었던 모습은 인류에게 똑똑히 각인되어 있었다.

"저에게 스탯 '청'을 준 것이, 바로 그거든요."

성지한은 그렇게 아소카를 보여 주며.

[FFF등급 능력, '청聽'을 얻습니다.]

[스탯 청을 1 올릴 시, 적의 인자가 사라집니다.]

[인류에게서 적의 인자가 사라질 시, 종족 인류의 진화 한계가 '중상급 종족'을 기준으로 재설정됩니다.]

지이잉…….

스탯 청을 얻었을 때, 떠올랐던 정보도 보여 주었다.

−스탯 청…….

−FFF등급이네 ㄷㄷ

−등급이 낮아서 전 인류에 부여할 수 있는 건가……

−어 근데 적의 인자 사라지면, 진화 한계가 중상급으로 낮아지는데?

−지금처럼 한계 무한 아닌 거야?

−아 그건 좀 아쉽네 ㅎ

−__ 최하급에서 하급 올라온 것도 성지한 버스 타고 와서 된 건데 뭐가 아쉬움.

-ㄹㅇ 중상급은 무슨 중급만 되도 만족이지.

오로지 적의 인자만 없애는 능력, 청.

사람들 중 일부는 진화 한계가 중상급으로 개편되는 걸 보고 아쉬움을 느꼈지만.

곧 최하급에서 하급까지 오른 것도 어딘데 욕심을 부리 냐며, 다른 시청자들에게 집중 포화를 맞았다.

그리고.

-인류…… 적색의 관리자를 진화시키기 위한 종족이 었군.

-이래서 인류의 진화 한계가 없었던 건가.

-한계가 없어야, 상시 관리자까지 올라설 테니 말이야.

-아소카란 성좌, 어떻게 저런 능력을 만들었지……? 오로지 적에 대항하는 스탯이라니…….

-근데 성지한, 선택을 잘못한 거 아닌가? 상징색 청의 능력이 너무나도 형편없는데?

-그러게 FFF등급이라니…….

외계의 시청자들은 스탯 청을 보고는, 성지한이 잘못된 선택을 했다고 평가하고 있었다.

새로운 상징색, 청이 나와서 이게 얼마나 대단한 능력 인지 기대했는데.

뚜껑 열어 보니 적만 없앨 뿐, 별 능력이 없지 않는가.

　-설마 적의 인자를 없애려고 상징색을 저거로 택한 건가?
　-허. 미련하군…….
　-출신 종족에 너무 얽매여 있어. 관리자가 된 이상 인류는 초월한 건데…….
　-아니, 적이나 녹을 택했으면 두 관리자에게 흡수됐을 걸? 차라리 청이 나았을 거다.
　-길고 짧은 건 대봐야 알지.
　-그래 인류 따위가 관리자 될 줄 누가 알았겠나?

　성지한이 색깔 고른 거 가지고, 외계인들끼리 그렇게 언쟁이 붙어 갈 때.

　[종족 인류가 '청'에 대해 온전히 인지했습니다.]
　[관리자 권한 소모 비용이 추가로 30% 줄어듭니다.]

　성지한은 인류가 청에 대해 온전히 인지했다는 메시지를 받았다.
　'되었군.'
　처음에 중대발표가 있다고 한 덕일까.
　성지한의 배틀튜브엔, 인류 시청자들이 대부분 집결해 있었다.

그로 인해, 청에 대한 인지도 빠르게 이루어진 사람들.

'이제는, 능력을 부여해도 되겠어.'

성지한은 관리자 권한을 쓸 때가 왔음을 깨달았다.

"그럼…… 지금부터 관리자 권한을 사용하여 능력을 부여하겠습니다."

관리항목 인류 창을 열어서, 스탯으로 간 그는.

[전 인류에게 스탯 '청'을 기본 능력으로 추가하시겠습니까?]

[인류에게 부여되는 '청'은 FFF등급이며, 관리자와는 달리 스탯 등급을 업그레이드할 수 없습니다.]

[관리자 권한이 500,000 필요합니다.]

바로 반값으로 할인된 관리자 권한을 모두 사용했다.

그러자.

-오…….

-지, 진짜 추가됐는데?

-헐 레벨 1 상태에서도 되는구나 이거;

-와 관리자라고 해도 지금까지 실감이 안 났는데……!

순식간에 올라오는, 사람들의 반응.

2레벨 이상의, 배틀넷 플레이어나.

1레벨로 일반인의 삶을 영위하는 사람이나.

모두 다 똑같이, 자신들의 상태창에 청이 1 생성되어 있었다.

–헐 배런은 상태창 2개에 둘 다 청이 하나 씩 생겼다는데? ㅋㅋㅋ

–시스템 일 처리 확실하네;;

–이러면 적의 인자…… 사라진 건가요?

–이렇게 쉽게 해방되나!?

청이 생긴 걸 보고, 다들 채팅창을 도배하고 있을 때.

"오, 삼촌. 나도 생겼어……! 우와…… 진짜 신기한데?"

윤세아도 배틀튜브를 하는 성지한 앞쪽에서, 자신의 상태창을 보여 주고 있었다.

스탯창 맨 밑에 생성된, '청'.

"이거 근데 능력치 더 찍을 필욘 없지?"

윤세아의 질문에, 성지한은 그녀의 모습을 살폈다.

새로운 심장으로 지목되어, 다른 사람들에 비해서 훨씬 더 많던 적색의 기운이.

스탯 청을 얻은 순간, 순식간에 사라져 가고 있었다.

'세아가 저렇게 금방 사라질 정도면, 다른 사람들도 마찬가지겠지.'

가장 우려 했던 조카에게서, 적이 사라지자.

성지한은 씩 웃었다.

"1이면 됐어. 여러분들도 더 찍지 마세요. 스탯 낭빕니다. 그건 적만 없애는 거거든요."

  −관리자 스탯인데…… 괜히 아쉽네 ㅎㅎㅎ
  −솔직히 찍어 본 사람 없진 않을 듯.
  −ㄹㅇㅋㅋ 잔여 포인트 낭비하는 인간 백 퍼 있다.
  −저…… 근데 적의 인자 사라졌을까요?

채팅창의 반응을 보곤, 성지한은 고개를 끄덕였다.

청을 부여했으니.

숨겨진 능력 항목에서, 적의 인자가 확실히 사라졌는지 확인해 봐야지.

"봐 보겠습니다."

성지한은 인류 항목을 다시 열어, 숨겨진 능력을 열어 보았다.

그러자.

[숨겨진 능력]
?????

적의 인자는 사라지고, ?????만 남은 숨겨진 능력 칸.

'이건 근데 뭘까.'

성지한이 새삼 ?????에 대해 의문을 지니고 있을 때.

스으으으······.

'······음?'

그의 궁금증을 풀어 주려는 듯.

?????에서 글자가 생성되고 있었다.

* * *

[명계귀속자 From Hell]

"명계?"

성지한은 ?가 사라지고 나타난 단어를 보곤, 의아함을
품었다.

명계는, 저승이나 지옥을 뜻하는 용어 아닌가.

여기에 귀속된 게, ??로 가려졌던 숨겨진 능력이라고?

-명계?

-지옥이 왜 갑자기 나오지······.

-적의 인자 사라지고 지옥으로 떨어지는 거임, 우리?

성지한의 혼잣말을 금방 캐치하고, 사람들이 의문을 지
니자.

-명계? 공허를 말하는 건가?

-아마 그런 것 같군. 모든 존재의 최종 종착점은 공허니. 저들이 말하는 명계는 공허를 뜻하겠지.

-굳이 여기서 공허가 왜 나오지?

외계의 존재들은 금방 명계를 공허라고 생각했다.

하지만 이를 본 성지한은 생각이 달랐다.

'흠…… 이거 아무래도 공허는 아닌 거 같은데.'

배틀넷 상식으로 생명체가 공허에 귀속된 건, 결국 죽음을 뜻하니 당연한 일인데.

이게 굳이 ??에 숨겨질 이유가 있나?

성지한은 명계에 뭔가 있나 잠시 고민하다.

'이미 다 까발렸는데, 이거도 공개하자.'

집단지성의 힘을 빌리기로 했다.

"여러분. 적의 인자는 사라졌는데, 이런 게 생겼네요."

그렇게 성지한이 명계귀속자를 공개하자.

-으잉?

-지옥이 실제로 있었음?

-오…… 사후세계가 있었다니…….

-이거 봐 종교 믿어야 한다니까? 안 그러면 지옥 떨어진다구요 ㅋㅋ

-성지한 믿으면 되는 거임? ㅋㅋㅋ

−ㄹㅇ 관리자님 믿고 구원 갑시다.

지옥이 실제로 있었냐는 반응과 함께, 성지한교가 발흥
하려고 들었다.

그리고, 이를 본 외계의 시청자 쪽에선.

−아니, 시스템에 명계라고 확실히 명명되어 있다니…….
−저게 시스템상으로 나온 게 확실한 건가?
−관리자가 공개했는데 맞겠지;
−지옥이란 개념은 공허 안에 있는 것…… 굳이 저런
용어가 따로 나올 이유는 없는데.
−이상하네 이거 숨겨진 능력으로 있는 것도 그렇고.

인류보다 더 큰 반응이 나타났다.
왜 공허가 아니라, 명계에 귀속된 건지.
이해할 수 없다는 의견이 대다수였다.
그때.
[이것마저, 밝혀내었나.]
성지한의 귓가에, 어디선가 들어 본 적이 있던 음성이
들렸다.
'이 목소리는 분명…….'
적색의 관리자다.
관리자 선정할 때, 청에 의해 사라진 건 역시 다가 아니었나.

"지긋지긋한 놈…… 적색의 관리자. 네가 명계랑 관련
이 있냐?"

성지한이 그렇게 반문할 때.

"사, 삼촌. 바, 밖에 봐 봐!"

윤세아가 소스라치게 놀란 표정으로, 창밖을 손가락으
로 가리켰다.

"응? 왜?"

"어? 안 이상해? 세상이 완전히…… 붉은데?"

두려움마저 느껴지는 목소리로, 밖이 붉어졌다고 말하
는 윤세아.

하나.

[세아야, 무슨 소리니?]

"나도 별 이상한 건 못 느끼겠다만."

집에서 같이 이를 지켜보던 석상 상태의 성지아나, 그
림자여왕은 그런 낌새를 느끼지 못했다.

한데.

-어?

-들었어?

-ㅇㅇ; 이것마저 밝혀내었냐는데…….

-근데 나 눈 이상한 거임? 세상이 왜 이렇게 새빨개
짐?

–태양빛이 완전 붉은데;

–여긴 밤인데 달 색이 시뻘게졌어 ㄷㄷ

이들과는 달리, 인류의 시청자들은 모두 윤세아와 비슷한 반응을 보이고 있었다.

적색의 관리자의 목소리를 들었으며, 세상이 온통 붉어졌다는 호소.

"이거, 인류에게만 적용되는 건가."

성지한은 인류를 초월한 관리자가 되었으니 해당 외고.

성지아는 석상, 그림자여왕은 쉐도우 엘프니 또 해당 안 되는 것 같았다.

[그래…… 나 진짜 인류로 취급되지 않나 봐.]

"그러니까 빨리 열쇠 써서 인간 되라니깐."

성지한은 소외감 느끼는 성지아에게 한마디 하고는, 창밖을 나섰다.

'세상이 붉어진 건 안 느껴지지만…… 위쪽이 이상하긴 하네.'

겉보기엔 평소와 다를 것 없던 하늘 위 태양에서.

미약하지만 적의 기운이 느껴지고 있었다.

그리고.

"으…… 으으……."

"왜, 왜 태양을 자꾸 쳐다보게 되는 거지……."

"아. 눈 아픈데……!"

땅에선, 사람들이 혼란스러운 얼굴로 모두 하늘 위만 바라보고 있었다.

정확히는, 태양을.

'……적의 기운을 따라가 봐야겠군.'

슉!

성지한은 하늘 위로 날아갔다.

그러자.

스으으으…….

점차로 강하게 느껴지는 적색 기운.

그리고 하늘의 색도, 다른 인류의 시각처럼.

서서히 붉어지고 있었다.

-명계와 적색의 관리자가 연관이 있었다니…….

-명계란 시스템을…… 설마 그가 만든 것인가? 공허랑 은 차별화되는?

-사후를 컨트롤하는 건 흑색의 영역인데…… 선을 넘 어도 세게 넘었군;

-공허에선 이걸 두고만 보나.

-자기 부하가 적색이랑 결탁한 것도 몰랐잖아 흑색의 관리자.

-상시 관리자…… 알고 보면 별거 아닐지도…….

죽음을 관리하는 건 공허의 영역.

한데 적색의 관리자가 관여한 게 확실해 보이는 명계
는, 공허와 그 영역이 겹쳤다.

이를 두고 외계의 시청자들이 흑색의 관리자가 생각보
다 권한이 없는 거 아니냐고 평가할 즈음.

'여기군.'

성지한은 적의 기운이 폭발적으로 흘러나오는 진원지
에 도착했다.

* * *

성지한이 도착한 서울 상공.

그곳에선, 거대하게 부풀어 오른 붉은 눈이 그를 쳐다
보고 있었다.

[청색의 관리자여. 인정하지. 인류를 통해, 상시 관리
자가 되는 작업은 실패했음을.]

꿈틀. 꿈틀.

눈알의 움직임에, 성지한이 미간을 찌푸렸다.

"적색의 관리자……."

명계귀속자가 드러난 이후, 급작스레 모습을 드러낸 붉
은 눈.

이건 확실히, 성지한이 지금까지 접했던 적색의 관리자
의 편린 중 가장 강력했다.

특히.

'……인류의 숨겨진 능력, 명계귀속자 때문인가. 대지에서 여러 기운이 이리로 흘러오고 있군.'

세상이 완전히 붉게 보이며.

눈이 아프다면서도 하늘을 하염없이 바라보던 인류.

적색의 관리자의 눈은 그런 이들의 기운을 미약하지만, 꾸준히 흡수하고 있었다.

"어디로 잠적했나 했더니. 여기에 숨어 있었나?"

[나는 어디에나 있다. 명계가 드러나, 모습을 드러냈을 뿐.]

"애초에 명계…… 이건 뭐지?"

성지한의 물음에, 적색의 관리자는 순순히 대답해 주었다.

[핵심 자원 '인류'를 효율적으로 운용하기 위한 시스템이다.]

"……시스템이라고?"

[그래. 현재 죽은 자를 관리하는 권한은, 흑색의 관리자가 공허를 통해 독점하고 있다. 그리고 이 공허 시스템은 너무나도 '소멸'에 치중해 있어서, 자원을 너무 낭비하지…….]

"자원…… 인가."

[너희는 나를 상시 관리자로 만들기 위해 설계된 자원. 허투루 쓸 수는 없지 않겠는가. 명계를 만들어, 너희들의

죽음마저 독점했다.]

　인류보고 핵심 자원이라더니.

　평소엔 살려서 적의 인자를 키워 먹고, 죽어서는 자신의 명계로 끌어와서 또 재활용했나 보군.

　"공허에 잘도 들키지 않았네. 명계 시스템을 만들고도."

　[상시 관리자가 최하급 종족까지 관측하지는 않지. 거기에 너도 잘 아는, 협력자가 있었으니까.]

　아레나의 주인 말하는 거 같군.

　성지한은 입꼬리를 비틀었다.

　"그래도 어쩌냐? 협력자 아레나의 주인도 들통나고, 명계도 밝혀졌는데. 이제 상시 관리자들에게 잡히면 너도 끝이겠군."

　[후후. 나는, 이곳에 국한되어 있지 않다. 어디에나 있지…….]

　"그래? 그럼 인류한테 그만 질척대고 딴 데서 좀 놀아라."

　[그럴 셈이다.]

　그 말에 의외로 동조하는 적색의 관리자.

　"진짜?"

　[그래.]

　그러며.

　스으으으…….

　적색의 눈동자 위로, 하나의 광경이 드러났다.

거기서 비치는 이의 모습은, 아소카.

깨달음을 얻은 그가 적색의 관리자를 거역하고.

-네 이전, 5명의 깨달은 자는 모두 다 외면을 택했다.
한데 거역이라…….

-좋다. 오랜 기다림 속에, 하나의 유흥거리가 생겼구나.

적색의 관리자가 오히려 이를 기꺼워하는 장면이었다.

성지한이 아소카의 기억 속에서 본 건, 이게 전부였지
만.

-외, 외면하겠습니다…….

-우리는 모두 당신에게 속해 있었군…….

-……협조는 하지 못하겠군. 당신에게 영원히 시선을
돌리겠소. 평생 하늘에서 눈을 돌리고, 인간을 바라보지
않으며. 땅바닥만 보고 살지.

붉은 눈에선, 아소카 이전에 깨달은 자들이.

모두 '외면'을 택하고는 하늘을 차마 바라보질 못한 채
고개 숙이며 살아가는 모습이 빠르게 지나가고 있었다.

'어쩌면, 저게 당연한 선택이겠지.'

인류 모두에게 깔린, 적의 인자.

거기에 더해, 하늘 위에는 적색의 관리자가 만든 명계

가 이렇게 숨겨져 있었으니.

아무리 이 세상의 이치와 왜곡을 깨달았다고 해도, 아소카처럼 거역한다는 선택지를 고르기란 쉽지 않았다.

그냥 외면하고 사는 게 최선이었겠지.

[나는 싯다르타 그가 변수가 될 것이라곤, 생각하지 않았다. 그저 한낱 유흥거리라 생각했지.]

[하지만 그는 무한회귀 속에서 '청'을 만들었고, 너라는 대리자를 통해 명계까지 끄집어냈다…….]

번쩍!

눈동자가 붉은빛을 토해 냈다.

[인류여. 너희는 자유다. 나는, 너희에게 손을 뗄 것이다.]

그렇게 인류에게서 손을 떼겠다고 천명한 적색의 관리자.

하지만 성지한은 경계를 늦추지 않았다.

그도 그럴 것이.

"……손 뗀다며. 명계귀속자는 왜 안 사라지냐?"

숨겨진 능력, '명계귀속자'는 여전한 데다가.

"거기에 지상에서, 기운이 점점 밀려오고 있군."

지상에서 올라오는 인간의 기운은, 조금씩 강해지고 있었다.

[투자 비용은 회수해야 하지 않겠나.]

꿈틀.

눈동자가 '투자 비용'을 강조하면서, 번뜩였다.

'역시 그냥 물러날 놈이 아니지.'

성지한이 검과 창을 꺼내곤. 눈동자를 공격하려 할 때.

"굳이 싸우실 필요 있겠습니까."

스으으으……

허공에서 중절모가 떠오르더니.

아레나의 주인이 모습을 드러냈다.

"아레나의 주인, 얼굴이 많이 변했군."

"이것 말입니까?"

중절모 아래, 우주 형상의 얼굴을 하고 있던 아레나의 주인.

하나 완벽한 우주의 형상은, 중간중간 구멍이 송송 뚫린 채 붉은빛을 보이며.

금방이라도 파괴될 것 같은 인상을 주고 있었다.

"당신 얼굴 반쪽과 비슷한 처지가 되어 버렸죠."

"흑색의 관리자한테 처벌받았나?"

"예, 당신이 관리자가 될 때 바로 도망쳤는데, 옛 주인께서 워낙 강하셔서요……."

쑤욱.

자신의 구멍 난 얼굴에 손가락을 넣었다 뺀 아레나의 주인은.

"아, 이제 아레나도 빼앗겼으니. 아레나의 주인 말고 다른 칭호가 필요하겠네요. 마침, 적색의 관리자께서 명계 주시기로 했습니다."

"명계의 주인이라고 불러 주면 되냐?"

"네. 음…… 당신네 세계에선, 하데스. 염라대왕? 이런 거로 칭하나 보군요. 둘 중에 뭐 고를진 좀 고민할 테니, 명계의 주인이라 해 주시죠."

"음, 근데 미안. 저거 부숴 버릴 거라. 명계는 못 가질 거야."

"후후……."

성지한의 말에, 아레나의 주인은 웃음을 지었다.

"제가 당신을 잠깐 지켜보니 청색의 관리자라 한들, 별 힘도 없던데 말이죠……."

"……."

"제가 아무리 전 주인께 박살 난 상황이라지만, 당신 정도는 쉽게 제압할 수 있답니다."

스으으으…….

그와 함께, 강렬하게 피어오르는 공허의 기운.

거기에 덧붙여, 구멍 난 우주의 형상에서는 적색의 힘 까지 피어오르기 시작했다.

"생각해 보면 당신께는 참 원한이 많아요. 당신의 폭로로 아레나도 빼앗기고, 전 주인에게 저도 박살이 나 버렸으니까요."

"그거참 안 되었군그래."

"후후…… 그래도 그간 많이 거래했으니 헤어질 땐, 웃으며 헤어지고 싶군요."

힘을 끌어 올린 아레나의 주인은, 다시 한번 말했다.

"그러니, 가만히 있어 주시겠습니까? 살고 싶으시다
면."

성지한은 그 말에 씩 웃으며 반문했다.

"내가 그럴 놈으로 보이나?"

(2레벨로 회귀한 무신 22권에서 계속)